「細身に見えるが、脱げばなかなかいい躰してるじゃねぇか。女にはない色気がある」

　舐めるような男の視線に、くらり…と目眩がする。

　院内でまさかこんな姿を晒す事になるとは思いもしなかった。

イラスト／高峰　顕

龍の爪痕

結城一美

HYPER H

◆

その男は、藍原《あいはら》柊《しゅう》が救急部の当直医をしている時に運ばれてきた。

「患者は二十九歳男性！　左胸、左脇腹、右大腿部の三カ所を銃で撃たれており、意識不明。バイタルも低下しています！」

息せき切る救急隊員の声に、ストレッチャーを押す医師や看護師達の間で緊張が走る。

銃創患者の緊急搬送とは聞いていたが、三発も銃弾を浴びているとは思わなかったからだ。

「それで、弾は!?　貫通しているんですか」

尋ねる柊に、救急隊員は「いいえ」と強く首を振った。

「脇腹、大腿部は貫通していますが、左胸は残留しているようです」

よりによって一番危険な箇所に、盲管銃創か――誰もがそう思い、表情を険しくする。

銃で撃たれたという事は、何らかの事件に巻き込まれたのだろう。

だが、血まみれではあるが良質のダークスーツを着込んだ男は、しっかり鍛えられた体格をしており、体力もありそうだ。銃弾が心臓を直撃してさえいなければ、助かる可能性は高い。

血の気が失せてはいるが、男らしく精悍な顔立ちからは、意志の強さが見て取れる。

もしかしたら、警備や護衛の仕事をしていたのだろうか。

「藍原先生っ」

内科医の中鉢《なかばち》が、外科医の柊の指示を仰ぐように呼ぶ。

柊は応えるようにうなずいた。

「すぐにレントゲンとCTを！　オペの用意も急いで」

「はいっ」

処置室に看護師達の声と、慌ただしい足音が響く。

「移すぞ！」
一、二、三の掛け声と共に、患者がストレッチャーから診察台へ移される。
と同時に時間との闘いが始まった。

「血算、生化、クロスマッチ。ラクテックは全開で。ハサミを下さい」

「はいっ」

「中鉢先生は気管挿管後、貫通銃創の消毒と止血を。私は盲管銃創を診ます」

「わかったっ」

スタッフに次々と指示を出しながら、柊は男の衣服をハサミで手早く切断していく。

そして、胸と脇腹の傷を背中側から確認するため、男の上体を慎重に傾け、息を呑んだ。

――これはっ…。

男の背中には、色鮮やかな刺青があった。

青い龍と緑色の龍が互いの躰を絡め合い、牙を剥いているその姿は、真っ赤な血の海の中にあって、あまりにもおぞましく、柊の目を畏怖と嫌悪に見開かせた。

「先生、左胸の画像が出ました！」

看護師の言葉に、柊はハッとして男の躰を元に戻すと、診察台横のプレートに映し出されたX線画像に目を向けた。

幸い各自処置に集中しており、刺青を見た者はいないようで、柊はホッとする。

一刻を争う状態の時に、雑念は無用だからだ。

「良かったっ。心臓をわずかに逸れてますね、藍原先生」

画像を見ていた中鉢が安堵の声を上げると、スタッフ達の緊迫感も少しだけ和らいだ。

だがそれも、廊下の方から聞こえてきた怒号とパトカーのサイレンに、一瞬でかき消されてしまう。

「組長――っ!? 香久山《かぐやま》組長はどこだっ。どこに運びやがった――っ!?」

「待ちたまえ、君っ、まだ訊く事がある！」

「うるせぇっ、後にしろ！」

忙しく動き回っていた一同の目が、瞬時に見開かれ、男に集中する。

男の素性は、もはや誰の目にも明らかだった。

「先生っ、血圧が低下しています！」

「ボスミンを静注！　クロスマッチが取れたら、輸血も開始して下さいっ」

「わかりました！」

柊の指示に、再び慌ただしさが増す。

だが、そこには微妙な空気の違いがあった。

どんな人間だろうと命に差別《それ》があってはならない——それは医師や看護師として当然の事だ。

だが、差別は柊の心の中にも、歴然として存在する。

それを押し殺し、最善を尽くす事が、己の務めだとわかっているだけだ。

「先生、心肺停止です！」

「除細動器をっ」

看護師が渡す電極パッドを両手に持ち、柊はそれを男の胸に押し当てた。

「100にチャージ！　…離れて！」

ドン！　と電流が流れる衝撃音と同時に、男の躰が診察台の上で撥ねる。

だが、モニターからはピーッという無機質な長音が聞こえてくるだけだ。

「組長っ？　組長───っ！」

「待てっ、勝手に入るなっ！」

ドアを蹴破る勢いで開けて、警官と強面の男達が処置室になだれ込んできた。

だが、それに動じる事のない凛とした声が、辺りに響く。

「アトロピン投与！　200にチャージ！　離れて！」

ドン！　という音に、男達の「組長！」という叫び声が重なる。

と同時に、モニターから間欠的な電子音が聞こえてきた。

「心拍戻りました！」

「よし。これよりすぐに銃弾摘出手術を行う。中鉢先生、アシストをお願いします」

「わかった」

「メス」

「はいっ」

「お…おいっ、こんな所で何をする気だ!?　手術するなら、ちゃんと手術室へ運ばねぇか！」

心肺蘇生から緊急オペへの急展開を目の当たりにして、さすがの男達も動揺したのかドスのきいた声で気色ばむ。

それを柊は毅然として一喝した。

「あなた方は患者を死なせるつもりですか！　すぐにここから出ていきなさい！」

「なっ…なんだとぉっ!?」

男達の血走った目が、いっせいに柊に向けられる。

それは細身の柊よりも、はるかに大柄でたくましい中鉢をも震え上がらせるほどの怒気だ。

看護師達は皆、竦み上がっている。

だが、柊はそれを平然と受け止め、鋭い一瞥をくれる。

「患者は今、一刻を争う危険な状態です。もしも、あなた方が私達の邪魔をするなら、命の保証はできない。それでもいいんですね」

手に持ったメスの刃先が、男達を威嚇するようにキラリと光った。

◆

「藍原先生、この通りだ。頼むよ」

「どうか、お願いします、藍原先生！」

先輩の戸田《とだ》外科医と、整形外科医の新島《にいじま》の二人に、担当医の変更を受けてほしいと相次いで頭を下げられ、柊は居心地が悪そうに椅子に座り直す。ようやく外来の午前診察が終わり、昼食の前にホッと一息コーヒーでも飲もうと、医局に戻ってきたところだったのに、運が悪い。

「どうしてですか。ヤクザの患者なんて、別に珍しくもないでしょう。今までだって、何人も入院してるじゃないですか」

コーヒーカップを手に、柊は渋い口調でそう言う。

だが、戸田と新島は二人して強く首を振る。

「今回は格が違うんですよ。ただの下っ端のヤクザじゃなく、組長ですからね」

「それに聞くところによると、あの松波《まつなみ》会の会長を庇って凶弾に倒れたとかで、出入りする組員達もその辺のチンピラとは全然違うんだよ。警察の警戒も物々しいしね。僕も新島くんと一緒に診察に立ち会ったけど、ズラッと並んだ側近達が、そりゃもう怖くて」

「私だって、怖いものは怖いです」

嘆息混じりに柊が言うと、二人は大きく目を見開いて、再び首を振った。

「何を言ってるんです。中鉢先生から聞きましたよ。藍原先生の啖呵はすごかったって」

「そうそう。あの連中を一瞬で黙らせたって言うじゃないか。看護師達もびっくりしてたよ」

「あれはっ…」

気色ばむように言って、柊は声のトーンを落とす。

外科医らしからぬ痩身に、端整で近寄りがたいほどの美貌――自分自身はそう称される事を嫌っていたが、そんな柊がヤクザ相手に怒号を発したので、周囲はよほど物珍しかったのだろう。

確かにめったな事では声を荒げない柊だが、ヤクザ絡みの事となると、つい頭に血が上ってしまう。

「あの時は、たまたま私が執刀医で、患者も危ない状態だったからです。きっと先生方も同じ立場だったら、そうするはずです」

だが、「そうなんだよ～」と相づちを打つ戸田は、柊とはまったく別の部分で同意をする。

「先方もそれを望んでいてね。あんたらじゃ話にならんから執刀医を呼んでこいって、僕らにすごむんだ。おちおち術後説明や診察もしてられなくてね」

「そんな…」

「ああ。藍原くん。ここにいたのかね」

困惑する柊の背後から、外科部長の林《はやし》の声が聞こえた。

「部長。何かご用でしょうか」

振り向く柊の背後に戸田と新島を認めて、林は白衣に包んだ恰幅のいい躰を揺らして笑い、こちらに歩み寄ってきた。

「ああ…その顔だと、話は二人から聞いたんだね？　私もさっき長谷川《はせがわ》くんに頼まれたところなんだ。例の特別個室の患者、皆で持てあましているそうじゃないか。どうか藍原くんの手腕で一つよろしく頼むよ。整形ともども、サポートは惜しまんつもりだ」

そう言って、はっはっはと笑う林に、ホッとするのは戸田と新島だけだ。

柊がどんなに憮然とした顔をしても、所詮はまだ二十七歳の雇われ医師だ。

整形外科部長の長谷川と外科部長の林が話し合って出した結論なら、従わざるをえない。

それにたとえここで拒否しても、話は院長に伝わり、結局は承諾させられてしまうに違いないのだ。

「……わかりました。部長がそうおっしゃるなら、お引き受け致します」

さらりとした茶系の髪を揺らして柊が頭を下げると、戸田と新島が途端に声を弾ませた。

「いや～助かったよ、藍原先生。ありがとう」

「本当に。藍原先生が来て下さったら百人力です。じゃあ、さっそく午後にでも回診をよろしくお願いします。あ、もちろん僕達もちゃんと同行して、患者に説明しますので」

「じゃあ、頑張ってくれたまえ」

林が機嫌良くうなずいて、この話は柊の気持ちを置き去りにしたまま決着した。


柊の勤める山科《やましな》総合病院は、個人経営にしては大きく、診療科も外科、内科、整形外科を始めとする八科で診療を行っており、入院施設も充実している。

外科と整形外科にはそれぞれ三人の医師がおり、柊はその中でも一番若い。

だが、柊は大学時代の二年間、研修を兼ねて米国で最先端の医学を学んできた敏腕の外科医だ。

そこらの同世代の外科医よりは執刀数も格段に多く、手術の内容も多岐に渡っている。

それだけに院内でも一目を置かれる存在で、しかも触れれば切れそうなクールな風貌のせいか、看護師達の人気も高い。しかも、事情があって大学生の頃からここの院長が親代わりをしてくれており、その恩を返すために大学には残らず、この山科総合病院で働いているというのだから、好感度が高いのも当然だろう。

だが、当の本人はそんな評判とは裏腹に、実に淡々と日々を送っている。

だから今回のように、自分の意にそぐわないかたちで周囲に注目されるのは、柊にとってかなり不本意な事だった。

特に嫌悪するヤクザの担当医になるなど、こちらから願い下げたいというのが本音だった。


山科総合病院の特別個室は、四階と六階の東病棟と南病棟の端にそれぞれ一室ずつ造られており、一般病棟からは簡単に行き来できないシステムになっている。

最新のセキュリティ…とまではいかないが、プライバシーを重要視する財界人や芸能人達には、なかなか評判の個室だ。ホテルのスイートルームのように病室のほかにゆったりとしたリビングが設けられ、必要があればドアを挟んでコネクティングルームも利用できるようになっている。

もちろんパソコンなどの通信設備も充実しており、食事も別メニューという、至れり尽くせりの個室だ。

その六階の東病棟・整形外科に、件の男・香久山皓一《こういち》が入院している。

香久山は柊が銃弾摘出手術をしたあと、ICUで二晩すごし、意識も回復して状態が安定したところで、昨夜個室に移ったらしい。柊の働く外科は五階なので、その後の経緯は漏れ聞いてはいても、六階の現状はまったくといっていいほど知らなかった。

だから、六階のフロアに降り立った途端、エレベータホール付近でたむろしている人々の多さにまず戸惑った。

一見普通の見舞客を装っているが、戸田の見立てでは週刊誌やゴシップ誌の記者だと言う。

一階の受付でチェックはしているとの事だが、面会客の振りをされたらまるでわからないのだそうで、無下に追い払う事もできないらしい。ただ特別個室への出入りは、ナースステーション横のセキュリティドアを通らなければいけないので、さすがに奥への侵入は難しいようだ。

「気をつけて下さいね。奴らに隙を見せたら、すぐに食いついてきますので」

言いながら新島は首からぶら下げているスタッフカードをチェッカーに差し入れ、ドアを開けた。

だが、今度は廊下に足を踏み入れると同時に、警察関係者とわかる集団が柊達に会釈をして入れ違いにドアから出て行く。

「まだ警察も出入りしてるんですか」

驚いて立ち止まり、耳打ちをする柊に、戸田は「ああ」と小声でうなずいた。

「これでも減った方だよ。昨日はもっと人数も多かったし、頻繁に出入りしていた。それだけ大きい事件だったっていう事だろう。我々にはよくわからない世界だけどな」

そう答えて戸田は緊張した面持ちで廊下に足を進める。新島と柊はそのあとに続いた。

見れば個室のドアの左右には屈強な組員が二人、その横には警官が二名、立っている。

おそらく警護のためにそうしているのだろうが、強面な組員達にジロリとにらまれると、それだけで竦み上がるほどの威圧感がある。

戸田達が尻込みするのもわかる気がする物々しい警戒態勢だ。

「失礼します。整形の新島です」

コンコンとノックをすると、間髪を入れずスライドドアが内側から開かれた。

そして、茶髪で人相の悪い手下が顔を覗かせ、新島を舐めるように見つめる。

「あんたか。何の用だ？」

「は…はい。患者さんの診察と、ち…治療計画を、新しい担当に…」

声を上擦らせて新島が答える。

だがいくらも言葉を発しないうちに、手下は苛ついたように怒声を発した。

「だから、てめぇじゃ話にならねぇつったろ！　ああ？　何度言えばわかるんだ。その耳は飾りモンかよっ！」

「ひぃぃっ！」

「や、やめて下さいっ」

耳を引っ張られる新島を助けようと、戸田が及び腰で叫ぶ。

その横からスッと伸びた手が、手下の腕をガシリとつかんだ。

「――乱暴はやめなさい！」

「何だぁ、てめぇは!?　引っ込んでろ、ヤサ男がっ」

だが、噛みつくようにすごむ手下に、柊は動じない。

見た目で軽んじられる事には慣れているし、それを裏切るだけの度胸や体力はあるつもりだ。

そうでなければ、ハードワークな外科医は務まらないという自負もある。

それに何より、何でも力でねじ伏せようとするヤクザのやり方が嫌いだった。

「矢田《やだ》、何を騒いでるっ、静かにせんかい！」

だが、つかんだ腕をひねり上げようとした途端、病室の奥から低い怒声が響いてきて、手下は慌てて柊の手を振り払い、姿勢を正した。

「は、はいっ、すんません、今井《いまい》の兄貴っ。でも、こいつらが性懲りもなく…」

ペコペコと言い訳をする矢田という手下をよそに、胸に金バッジをつけた今井という男は柊の姿を見るなり「あなたはっ…」と目を見開いた。

それを真正面から見返して、柊が淡々と言い放つ。

「いくら特別個室とはいえ、病棟はあなた方のためだけにあるのではありません。騒ぎは慎んでいただきたい」

「なっ…てめぇ、兄貴に何て口を…」

「――――申し訳ありませんでした。以後、下の者には充分気をつけさせます」

驚いたのは矢田だけではない。

組の幹部であろう男が、柊に向かって低頭する姿に、戸田も新島もポカンとした顔をしている。

途端に矢田の視線は、うろたえたように今井と柊を行ったり来たりする。

「あ…あのぅ…兄貴…。こちらさんは、いったい…」

「馬鹿もの！　この方は組長を救って下さった、執刀医の先生だ」

「えっ、こいつ…いえっ、こ、この先生が!?」

サァッと青ざめる矢田を尻目に、今井が柊を部屋の中へ促す。

「先生、どうぞ。組長もちょうど目を覚ましておりますので」

「わかりました」

だが、足を踏み出そうとした途端、胸元にファイルを突き出されて、柊は立ち止まった。

「そ…それじゃ、あとはよろしく…で、いいかな？」

見れば、ファイルを持つ新島の手が震えている。

戸田も愛想笑いを浮かべてはいるが、頬が引きつっていた。

「ええ。大丈夫です。あとは任せて下さい」

ここまで来てしまえば、もう二人がいようがいまいが同じだ。

柊はにこやかにファイルを受け取り、一つ大きく息をして、今井のあとに続いた。

確かに松波会といえば、その傘下に属する子組は二十を下らないという関東一円を牛耳る極道の総元締めだ。末端までの組員を数えると、七千を軽く越える大組織らしい。

その中でも香久山組は頭一つ抜きんでた存在の組で、荒っぽい組員が多いと聞いた。

新島も戸田も、今までさぞかし怖い思いをしたのだろう。

もちろん柊もヤクザは怖いが、それ以上に負けてたまるか、という気持ちの方が強い。

奴らはこちらが脅えれば脅える分だけ、容赦なくつけ込んでくる。

だから、けして弱みを見せてはいけないのだ。

柊は今一度背筋を伸ばして、病室の奥へと足を進めた。

パーテーションで仕切られた向こうには、患者の寝ているベッドがある。

その横には、今井と同じく胸にバッジをつけたスーツ姿の男が二人、いかにも用心棒だというように立っており、柊は息を呑んで立ち止まった。

「組長。こちらが組長がここに運ばれてきた時に、手術をして下さった先生です」

だが、柊が息を呑んだのは、用心棒に怖じ気づいたからではない。

今井が声をかけたのと同時に、ベッドに横たわる男が、柊に目を向けたからだ。

それは一見穏やかだが独特のすごみを秘めた瞳で、他の組員達とは一線を画する威圧感があった。

運ばれてきた時には、ボディガードか何かだろうかという印象を持ったが、今は全然違う。

この男はヤクザ以外の何者でもない。

それも、柊が今まで見てきたヤクザとは格が違う、極道中の極道だ。

目を見開いただけで震えがくるほどの圧倒的な存在感が、それを示していた。

「初めまして。外科医の藍原と申します。本日から香久山さんの担当医に指名されましたので、ご挨拶と診察に伺いました」

柊はどうにか気を取り直すと、軽く会釈をし、淀みのない声で言った。

そして、返答を待たずにベッド際まで歩み寄る。

「さっそくですが、傷を見せていただいてもよろしいでしょうか」

途端に用心棒達の気配に殺気が混じる。組長に至近距離で近づく人間には、たとえそれが命を救った医者であっても、条件反射のように警戒態勢をとってしまうのだろう。

プロの刺客ならば、たぶん医者に化ける事など造作もないに違いないからだ。

「ああ…かまわん」

だが、横たわる香久山が、低い声でそう言った途端、男達の殺気がスッと消えた。

その横で、先ほどの今井が頭を下げる。

「私は香久山組で若中を務めております今井と申します。診察のお手伝いをさせて頂きます」

そう言うと今井は布団をめくり、香久山の院内着の打ち合わせを緩めていく。

柊はその下から現れた肉体に、思わず目を見張った。

白い包帯に包まれた浅黒くたくましい胸板と二の腕に、引き締まった腹筋。

だが、何より柊が驚いたのは、香久山の躰に残る無数の傷痕だった。

運ばれてきた時には銃創にばかり目がいっていて、その躰をじっくり見つめている暇などなかった。唯一、目を奪われたのは、あの背中の龍の刺青だけで。

「先生、包帯も私が解いてよろしいですか」

「…あ。いえ、それは私がします」

今井の声にハッとして、柊は手に持っていたファイルを床頭台の上に置くと、香久山の包帯に手を伸ばした。

「今から診察しながら今後の治療計画をお話ししようと思います。でも、途中お疲れになったら、遠慮なくおっしゃって下さい。まだ無理は禁物ですので」

香久山は無言でうなずくと、包帯を解くために屈んだ柊の顔を、鋭い目つきで凝視してくる。

それが煩わしくて、柊は手を動かしながら、早くも説明を始めた。

「香久山さんの怪我は、この左胸と左脇腹、右大腿部の三カ所です。そのうち脇腹と大腿部は銃弾が貫通していましたが、幸いにも主要臓器や中枢神経は痛めておりませんでしたので、内部で出血さえなければ快復は順調に進むかと思います。ただ左胸に関しては銃弾が大動脈を掠め、心臓のすぐ側で止まっていたために、一時は心肺停止になるほど危険な状態にありました。心肺機能が再開したあと、すぐに銃弾摘出手術を行いましたが、今後の経過は慎重に見守っていく必要があります」

カルテも見ず、落ち着いた声でスラスラと話す柊に、先ほど噛みついてきた矢田や用心棒達は、どこか唖然とした顔をしている。

自分達でさえ組長の前に出ると、畏敬の念で緊張してしまうというのに、この医者は何だ？恐怖でしどろもどろになる医者にも苛ついたが、あまりにも平然と接している姿を見ると、それはそれで腹立たしい――そんな視線をひしひしと感じつつ、柊は黙々と包帯を解いていく。

柊とて間近で香久山とまともに目を合わせれば、圧倒され手が震えてしまうだろう。ただこういうヤクザ特有の雰囲気に、少しばかり慣れているというだけだ。

「少し躰を斜めにさせてもらいます。痛かったら言って下さい」

だが、香久山は柊にされるがまま、一言も発しない。

肋骨を切り、開胸をしなければならないほど難しい手術だったのだから、まだ三日しか経っていないこの状態では、痛みも薬では抑えきれないはずなのに、男は顔色一つ変えない。

香久山は二十九歳という若さで組を束ねているほどの男だ。という事は、このぐらいの怪我など意にも介さない修羅場を、何度もくぐり抜けてきたのかもしれない。

それは刺傷、切傷、銃創と、香久山の躰に残る傷痕の多さが示しているように思われた。

そしてそれらの傷に関わった医者は、男を救うために、懸命に努力をしたに違いない。

柊は彼らに同情するように、小さく嘆息した。

「ああ。傷口は思った以上にきれいですね。化膿もしていない」

柊は包帯を解き終えると、患部にあてがわれたガーゼを静かに剥がし、傷口に目をやった。

きっと自分が縫合したこの傷も、いずれは他の傷痕の中に埋もれ、男の勲章になるのだ。

間違ってもこれに懲りて危険な真似はやめる、というような事はしないだろう。

ヤクザとは結局、そういう類の人間だ。憂えても仕方がない。

「ただ、銃創の場合は見た目の治りが良くても、躰内組織の損傷が激しい場合がほとんどですので、快復してくるまでしばらくは痛みと微熱が続きます。けして無理はできません」

そう言いながら柊はガーゼを戻し、今度は脇腹の傷に目を向けた。

「ああ。こちらも状態はいいようですね。でも、貫通銃創は前方よりも、突き抜けた後方の傷口の方が大きくなりますから、大腿部も同様に、傷痕はかなり目立つものになるでしょう。でも、大事なのは、あくまでも躰の中の…」

「――背中の墨はどうなった」

「え?」

今まで無言だった香久山に突然訊かれて、柊は弾かれたように顔を上げた。

そして、細くすがめられた底冷えのする瞳とかち合う。

ドキンと心臓が鳴った。と同時に、獰猛な獣に射すくめられたかのように、躰が固まる。

「背中の刺青には傷がつかなかったか……と訊いている」

噛んで含めるように、香久山が言い直す。

その言葉に、柊はハッと我に返り、慌ててうなずいた。

「…ええ。左胸は盲管銃創でしたし、脇腹は幸いにも浅い箇所での貫通でしたので」

「そうか。だったら、いい」

淡々としたその口調に、柊は憤った。

傷の具合よりも、そんなものの方が気にかかるのか、と。

だが、柊はそれをグッと堪える。

なのに。

「で？　退院はいつだ」

包帯を持つ柊の手が、きつく握られた。

今の今まで、傷は見た目よりもひどく、無理はできないと説明していたはずだ。

退院はおろか、これからの入院生活についての話もまだしていない。

「入院は少なくても、一ヵ月はかかります」

切って捨てるように言い、柊は香久山の躰に包帯を巻き始める。

その横顔を見つめる香久山の眉尻が、ピクリと撥ねた。

「十日で出られないか」

「無茶です」

「銃弾は二十二口径だろう。それほど破壊力があるとは思えない」

「だから、何なんです。医者の見立てが不服なんですか」

「二週間で出せ」

「勝手に決めないで下さい！　そんな事をするなら、あなたの命の保証はできません！」

矢継ぎ早の応酬の末、柊はとうとう怒りを爆発させた。

黙っていたら白衣の似合う眉目秀麗な青年にしか見えない柊の激昂に、今井を始めとする舎弟達は固唾を飲んだ。

自分達にならいざしらず、組長にまでこんな口の利き方をする一般人は、そうそういない。

「……それは困るな」

だが、言葉とは裏腹に、香久山は気分を害しているようには見えない。

逆に、珍しい生きものでも見るような目で、柊に向かってニヤリと口端を引き上げる。

「せっかく命拾いをしたのに、また死ぬのはごめんだ」

「だったら、言われた通りにして下さい」

ぴしゃりと言って、柊は包帯を手早く巻き上げ、院内着を整えた。

そして、姿勢を正すと、香久山を真正面から見つめる。

「あなた方ヤクザは、いったい自分の命を何だと思ってるんですか。ここにいる以上は、担当医である私の指示に従い、治療に専念して頂かないと困ります」

その言葉に、香久山の目が柊を値踏みするように、スゥ…と細くなる。

だが、柊は目を逸らさず、それを受け止めた。

そして、「失礼します」と一礼し、背を向ける。

これ以上ここにいると、必要以上に香久山を罵倒してしまいそうだったからだ。

だが、出口へ向かう柊を、低く響く声が呼び止める。

「――墨はな……極道の命だ」

そこには圧倒されるような重みと覚悟が込められており、柊は思わず歩みを止め、振り返った。

「藍原先生……とか言ったな」

そうゆっくり訊いてくる香久山に、だからどうしたと、つい食ってかかりたくなる。

だが、そうできない威圧感が、確かにこの男にはある。

「あんた、下の名前は何て言うんだ」

「……柊です。木偏に冬と書きます」

硬い声でそう答えると、香久山は満足そうにフッ…と笑った。

「なぁ…柊先生。あんたにならこの命、預けてやってもいい」

柊の目が露骨に険悪さを帯びる。

預けるも何も、香久山の命を救ってやったのは、柊のはずだ。

なのに、この不遜な物言いは、いったい何だ！

「よろしく頼むぜ、藍原 柊先生」

「……わかりました。失礼します」

だが、胸のうちで逆巻く罵声の中から、口を突いて出たのは、たったそれだけで。

柊はそのままつかつかと出口へ歩み寄り、ドアを開けて廊下に出た。

所詮、香久山のような男には何を言っても無駄なのだ——そう突き放しつつ、ドアノブを握る自分の手がじわりと汗ばんでいる事に気づいて、柊は激しい苛立ちと悔しさを覚えた。

◆

「お父さん、ちょっと見てもらいたいものがあるんだけど…」

午後八時になっても、父の診察室にはこのところずっと電気がついている。

だから、控えめにノックをしてドアを開けたのだが、聞こえてきたのはやはり拒絶の声だった。

「柊か…。治療の邪魔になるから、あっちに行ってなさい。あとで見る」

父は縫合用の針を手に、頬に傷痕のある、一見してヤクザの下っ端だとわかる男の怪我の手当をしていた。

見れば男の腕には、ナイフで切られでもしたのか、二十センチほどの切傷がある。

柊は、またか…と思いつつも、言葉を飲み込み、唇を噛んだ。

なぜ内科医の父が、こんな男の怪我の手当までしなければならないのかと。

「ごめんな、ボウズ。もうすぐ終わるからよ」

それを見て悪いと思ったのか、男は苦痛に歪む顔で柊に笑いかけた。

だが、それを白衣姿の父がぴしゃりと諌める。

「勝手に決めつけるんじゃない。まだしばらくはかかる」

「だから適当でいいって言ってるじゃないっスか、先生〜。そんな丁寧にしなくても…痛てて っ」

「私の治療に不満なら、よそへ行きたまえ」

「行けねーから、先生のとこに来てるんだって」

「だったら、言う事はききなさい」

柊は言い合いをする二人を前に、ゆっくりとドアを閉めた。

そして、中学校の三者懇談のプリントをギュッと握りしめる。

結局はまた、忙しさに追われて、見てはもらえないのだと思いつつ。

「おう。柊。こっち来いよ。一緒に遊ばねぇか」

自宅に続く廊下へ足を向けた途端、待合室の入口から、見慣れた男が顔を出した。

その男もヤクザで、怪我や病気になる度やってくる、藍原医院の常連患者だ。

待合室にはさらに二人のヤクザの姿があり、床に胡座を掻いて花札に興じているのが見えた。

「遊ばない。勉強があるから」

そっけなくそう言って通りすぎようとするが、男はなおも機嫌良く柊に話しかける。

「お、そうか。だったら、勉強ならオレが見てやるぞ」

「いい。恥かくのは嫌だから」

「何だとぉ、こら、ちょっと待てや！」

男が廊下に出てくるのと同時に、柊はダッシュしてドアを開け、背中でバタンッと扉を閉めた。

その背後で、あからさまな嘆息が聞こえる。

「ったく…。クソ生意気なガキになりやがって。昔は人懐こくて、可愛かったのによ」

「お～い、伸二《しんじ》。ガキとじゃれてねぇで、こっち来て変われ」

「痛ぇよっ、痛ぇよ、誰か助けてくれ――っ」

「暴れるなっ、もう着いたって病院に。先生っ、急患だ、急いで診てくれ！」

病院の玄関先がまたぞろ騒々しくなる。

これではもう父がこちらに戻ってくるのは、いつになるかわからない。

父が経営する藍原医院は、昔は父以外にも外科医と小児科医が勤務しており、小さいが入院施設もある評判の町医者だった。親切で丁寧、困っている患者には惜しみなく手を差し伸べるという父を、柊も子供心に尊敬し、慕っていた。

だが、八才年下の妹が先天性の心臓病を持って生まれてきて、同時に母が亡くなってから、父は淋しさを紛らわすように仕事に没頭していった。あげく、来る者は拒まずの診療をしていたせいか、いつの間にかヤクザの患者が増え、それを恐がった一般患者が減り、勤務医も辞めてしまった。

それに、いくら父が親身になって治療しても、ヤクザ達はまたすぐに病院へ駆け込んでくる。

幸いヤクザ達は父に恩を感じているのか、金払いだけは良かった。

だが、それだけで病院経営が成り立っていくはずもない。

一度だけ、柊は父に尋ねた事がある。

ヤクザはお断りの病院もあるのに、なぜうちはそうしないのか、と。

だが、父から返ってきたのは、「病んでいる患者を、差別してはいけないんだよ、柊」という、医者の鑑のような言葉だった。

「おや、柊、どうしたんだい、そんな所で」

ハッとして顔を上げると、祖母の千代子《ちよこ》が廊下の先に立っていた。

手には食べ終わった食器の載った盆を持っている。

柊は寄りかかっていたドアから躰を離し、祖母の方へ歩み寄った。

「別に。ちょっと騒がしいなって思って、見に来ただけ」

「本当にねぇ…道隆《みちたか》も、少し考えてくれればいいのに。あれで頑固な所があるから……」

柊の言葉に、千代子も顔を曇らせる。

結局は母親の千代子も、息子の医者としての信条を変えさせる事はできないのだ。

「めぐみは？　熱下がった？」

「ああ。やっと平熱にね。食事も食べられたし、今夜は大丈夫だよ。まだ起きてるから、顔をみてくるかい」

「うん。だったら少しだけ。絵本でも読んでやるよ」

明るくそう言って、柊は二階にあるめぐみの部屋へ向かう。

途中、通り抜けた居間のゴミ箱に、クシャクシャに丸めたプリントを放り投げて。


「藍原先生、藍原先生、いらっしゃいましたら、院長室までお越し下さい」

院内放送に柊はハッとして顔を上げた。

時刻は午後七時。

医局には、まだちらほらと他科の医者の姿もあるが、すでに帰り支度を始めている者ばかりだ。

どうやらカルテのチェックをしているうちに、ぼんやりしてしまったらしい。

柊は机の上のファイルを手早く片づけると、白衣のまま立ち上がり、医局をあとにした。

おそらく院長の呼び出しは、香久山の件についてだろう。

山科院長は柊が医大の一年生の時、父を失ってから以降、生活や学費や妹のめぐみの治療費に至るまで援助してくれた人物だ。

父と山科は大学の同期生で、同じ医学部を卒業した友人だった。患者数が減り、病院経営がいよいよ危うくなった時、父に派遣医の紹介をしてくれたのも、この山科だった。

元々腕のいい内科医だった父は、派遣先でも評判が良く、山科もいっその事、医院を畳んでそちらに専念すれば…と何度も助言したらしいが、患者を捨て置けないという理由で頑として譲らなかったのだという。そういう父の律儀さにつけ込むかのように、ヤクザ達はますます病院に入り浸るようになった。そして数年後、父は経営と派遣医の仕事に忙殺される中、過労で倒れ、あっけなく逝ってしまったのである。残ったのは多額の借金と、いずれ手術をしなければ命の危うい妹のめぐみ、そのめぐみの為にも腕のいい外科医になろうと医大に進学したばかりの柊だった。

本当は、その時点で大学を辞めて働くべきだったのかもしれない。

だが、山科の言葉が、柊を思い留まらせた。

『せっかく入った医大だ。辞めるのは惜しいんじゃないのかい。亡くなった藍原も、息子のきみが医者になる事を望んでいたのだろう?』

借金は出世払いでいい。妹さんの面倒も一緒にみよう。

その言葉通り、山科はめぐみが成長したのを見計らって、万全の態勢で手術もしてくれた。

その甲斐あって、もうすぐ二十歳になるめぐみは看護学校にも通えるまでになった。

山科には返しても返しきれないほどの恩があった。

「失礼します」

ノックをしてドアを開けると、白衣姿の山科が大きな水槽を眺めているのが目に入った。

「ああ。来たか」

山科は水槽の中で、ゆったりと泳ぐ大きな熱帯魚から目を離さず、そう言った。

水槽の青いライトが骨張った顔立ちに反射して、痩身を強調しているように見えるが、山科は柊より背も高く骨格もしっかりしている。頭髪にはうっすら白髪が交じり始めたが、理知的で穏やかな面差しは、一見五十歳半ばとは思えないほど若々しかった。

「どうだね。例のヤクザ者は？」

山科の問い掛けに、柊は後ろ手にドアを閉めると、水槽の側に歩み寄った。

「微熱は続いていますが、傷は化膿もなく、白血球の数値も順調に下降しています」

「いや…そうじゃなく、上手くやっていけそうか、と訊いてるんだ」

「……二週間で退院させろと…そう言われました」

その言葉に、山科は水槽から目を離し、眉根を寄せる。

「無茶な。一時は心肺停止までいったんだろう」

「ええ。かなり危険な状態でした」

「どうりで整形も外科も揃って手を焼いているわけだ。部長達はいまだに警察の応対に追われているようだし、おまえも手にあまるようなら、対処を考えるしかないな」

柔和そうに見えていて、実は山科は押しの強い性格をしている。

それゆえ病院経営もシビアで、山科病院は着実に業績を伸ばしているし、近隣での評判も高い。

ただ、前院長…現会長の娘と結婚し、入り婿として院長に就任した手前、いまだに思う存分その手腕を振るう事ができず、ストレスも多いと聞いていた。

「いえ、まだご心配には及びません。そんな無茶をしたら、命の保証はできないと、はっきり言ってやりましたので」

「ほう…。で？　向こうは、何と」

「それは困るな、と。一応は納得したようです」

途端に山科はクッと喉の奥を鳴らし、苦笑した。

たったそれだけで納得するような輩なら、誰も苦労はしないだろうとでも言いたげな顔で。

「さすがに、ヤクザの扱いは心得ているようだな」

「別に…。心得ているわけではありません」

「でも当時、藍原病院は陰でヤクザ病院とまで言われていたほど、ヤクザまみれだったのだろう。扱い慣れて当然じゃないか。恥じる事はない」

好きでそうなったわけじゃない——そう言いたくても言えずに、柊は唇を噛んだ。

誰のせいでもない。すべては父が好きで選んだ生き方だ。だから、柊がすべてはヤクザ達のせいでこうなったのだと、彼らを憎み、忌み嫌うのはお門違いなのかもしれない。

でも、誰かを…何かを憎まねば、ここまでやってこれなかったのも、また事実だった。

「ところで、めぐみちゃんは元気にしてるかね」

突然、妹の名前を出され、柊はハッとして顔を上げた。

山科は水槽の中に、パラパラとエサを振り入れているところだった。それまでゆったりと優雅に泳いでいた熱帯魚は、途端に狂ったように暴れ出し、エサに食らいつく。

それを見て、山科は満足そうに微笑んでいる。

その横顔に、柊はフッと寒気を覚え、それを振り払うようにうなずいた。

「はい。お陰様で、体調の方はとてもいいようです。同居して通学に時間がかかるようになったので、どうかと思ったんですが、かえって体力がついたようで」

「そうか。それは良かった。看護学校の方はどうだ」

「准看か正看か、まだ進路は決めかねているようですが、楽しそうにやっています」

十三歳の時、受けた手術のお陰で健康を取り戻しためぐみは、その後、寄宿舎のある高校に通い、卒業後、看護学校に進んだ。始めの一年は寮住まいをしていたが、この春、寮の改装を機に柊と同居を始め、数年ぶりに家族水入らずの生活を送っていたのである。

「就職の時は、事前に私に声をかけなさい。できる限りの事はするつもりだ」

「そんな…そこまでして頂く訳には…。でも、お気遣いは本当に感謝しています」

柊は丁重に頭を下げた。そのせいで、山科の目がスゥッ…と細くなった事に、柊は気づかない。

「――そんな他人行儀な物言いは、感心しないな」

声音が変わった。と同時に、山科の手が柊の首筋に差し伸べられる。

あっと思った時には、柊の躰は山科の胸の中に引き寄せられていた。

「院長っ…やめて下さい。まだ勤務中…」

「仕事の話なら、もう終わった。めぐみちゃんの件は充分プライベートな話題だろう……柊」

耳元に寄せられた唇から、ねっとりと甘い声が吹き込まれる。

そのまま耳朶を舐められ、首筋に口づけられて、ザワッと肌が粟立った。

「やめっ…あっ…院内ではやめて下さいと、あれほどっ…」

「おまえの部屋に行けなくなったのだから、仕方がないじゃないか」

柊が抗おうとすると、山科は白衣の上から下肢に手を伸ばしてきた。それを阻止したくても、股間をキュッと揉み込まれてしまえば、男の性でそこはすぐにも反応してしまう。

「それとも、めぐみちゃんの留守を見計らって、部屋に行ってもいいのか」

「あっ…それだけは…ん、あぁっ」

ベルトを外し、ファスナーを下げにかかる山科からどうにかして逃れようと、柊は山科の腕の中でもがきつつ、首を横に振った。

めぐみにだけは、絶対に知られたくない。めぐみは山科を父のように尊敬し、感謝している。そんな山科と、実の兄がこんな爛れた関係にある事を知ったら…そして、そうなってしまった理由を知ったら、きっとめぐみは正気ではいられないに違いない。

「心配するな。部屋には行かない。それに、リネン室よりここの方がましだろう」

柊の気持ちを察したように、山科が言う。

だが、下着の中に潜り込んだ手は、形を変えつつあるそれを握り込むと、ゆるゆると扱き出す。

それが嫌で柊は山科の腕をつかむが、愛撫に慣れた躰は本人の意志に反して熱くなるばかりだ。

入口のドアの方で、カチッ…とかすかな音がしたような気がした。

「院長…っ、誰かが…あっ、ん…っ…」

「気のせいだろう。この時間帯だ。もうここには誰も来ない。観念しなさい…柊」

あっさり切り捨てる山科に、柊はなおも首を振る。

確かにドアはそれ以上、音も立てず、開く気配もなかった。だが、人が来る来ない以前に、医者にとって…いや、柊にとって、病院は汚されざる神聖な職場で。

「お願い…ですっ、あとで……あと…んっ…」

「ん？　あとで…？　何だ、聞こえないな。もっと、はっきり言わないと」

山科の愛撫が、先端の窪みををなぞるだけの、もどかしいものに変わる。

途端に柊は、より強い刺激を欲し、男の手の中でズキズキとはしたなく脈打つ己の分身の存在を、嫌というほど実感する。その中で答えを口にする事が、どれほど柊を辱めるのか、わかっていて山科は敢えて詰問しているのだ。

「…っ、い…つも……ホ……ルで…っ」

掠れ声で言うと、耳元でクスリと山科が笑った。

「いつものようにホテルで、たっぷり抱かれたい……そう言いたいのか」

「……は…い」

カッと躰が屈辱と羞恥に燃える。だが、柊は否定できない。

それはたとえ柊がどんなに不本意でも、山科の要求には従わなければならない立場にあるからだ。

「でも、駄目だな」

言うが早いか、山科は柊の躰をクルリと反転させ、水槽の棚に押しつけた。

そして、下着ごとズボンを引きずり下ろす。

「ああっ…っ」

下肢が外気に晒された感触に、躰がブルッと震えた。

「――そそるんだよ…柊。おまえの白衣姿は」

背後から白衣の裾をたくし上げられ、尻を剥き出しにされる。

あげく山科は、両手で柊の双丘を愛でるように撫でると、その狭間を指で割ってきた。

「特にこうして、めくり上げた白衣から覗く白い肌は、私をいっそう熱くする」

「やっ…くぅっ…」

柊は押しつけられた棚をきつく握りしめ、唇を噛んだ。

その動きに水槽の水が揺れ、かすかなさざ波を立てる。その中で熱帯魚は優美なヒレを翻し、まるで自分が主人であるかのように悠々と泳ぎ回っている。

だが、所詮はこの魚も…そして自分も、山科に飼われている身なのだ。

「…んっ、あ…ぅうっ…や…ぁっ…」

いつものようにグリセリンで濡らした指が、容赦なく襞の中に潜り込み、クチュクチュと淫らな音を立て始める。

それすらも聞きたくないのに、山科はさらに揶揄を滲ませ、耳元で囁いてくるのだ。

「初めて抱いてから、もう八年。すっかり慣れた躰になった。ほら……もうこんなだな…柊」

青白い光に照らされた水槽のガラスに、喜悦に歪む山科の顔が映る。

それは給餌の時に見せた、支配する事に至福を感じる者の笑みにも似て、柊の心を深く抉った。

◆

――これだからヤクザは…。

柊は心の中で舌打ちをしつつ、自販機で買った缶コーヒーを傾けた。

つい先刻、看護師も伴わず医者自ら治療用のワゴンを押して回診に訪れたというのに、あろう事か柊は病室のドアの所で門前払いを喰らわせられたのだ。

医師の都合で回診が遅れる事はあるが、患者からいきなり後にしてくれと言われたのは初めてで、柊は朝一番から憤っていた。

なんでも、組の幹部が雁首を揃え、香久山を囲んで会議を開いているのだという。

「まだICUから上がってきたばかりだというのに、こんな朝早くから大勢で面会だなんて、とんでもない！」

だが、ドアの前で対応する矢田にそう言って怒ってみても、「すみません！　この通りです」と手を合わせ、柊を神様のように拝んで頭を下げるばかりで、少しも埒が明かない。

結局は、嘆息交じりに「一時間だけですよ。香久山さんにもそう伝えて下さい」と言って、柊はワゴンを押しつつ、踵を返したのだった。

――でも…譲歩するなんて、らしくなかったかもしれないな…。

喉を流れ落ちていく冷たくて甘いコーヒーに、少し気持ちが落ち着いてきたのか、柊はふとそう思った。

本当ならあのまま病室へ乗り込んで、医者の権限を振りかざしても良かったのかもしれないと。

でも、柊はそこに、いつも以上に私情が交じってしまう事を恐れた。

山科に執拗に抱かれた翌日は、その憂さを何かにぶつけてしまうような気がするのだ。

柊はもう一口コーヒーを飲むと、大きなガラス窓から見える外の景色に目をやった。

病棟の外れにあるこの場所は、ちょうど死角になるせいであまり人気もなく、柊の気に入りの休憩場所だ。外はこの所の涼しさのせいで木々の緑が急速に色を失い、うっすら秋めいてきている。

柊はその景色に目を細め、深く息をついた。

そう言えば、八年前のあの日――父の四十九日の日も、こんな季節の頃だった。

藍原医院を畳んで借金の整理をし、新たにアパートを借りて、柊はそこに一人移り住んだ。

その時はすでに祖母の千代子も亡くなっていたし、妹のめぐみは父の死のショックもあって入院したきりの状態になっていたからだ。

でも、アパート一つを借りるにしても、まだ未成年の柊には無理な事が多く、それらのすべてを山科が快く引き受けてくれなかったら、どうなっていた事かと思う。

だから山科にはいくら感謝しても足りないと、柊は思っていた。

早く一人前の医者になって、彼に恩返しをしたいとも。

だが、まさかこんな形で恩返しを強要されるとは、この時、柊は思ってもみなかったのだ。

『私はね、柊くん…。その昔、きみにそっくりなお母さんの事が好きだったんだよ』

そう言いながら、山科が柊に触れてきた時、正直何が起こっているのか分からなかった。

『きみももう子供じゃないんだから、分かるだろう……この意味が』

呆然とする柊のシャツのボタンが、山科の手で一つ、二つと外されていく。

そして、その手が探るように肌に触れてきて――

『やめて下さい！　どうして…っ。どうして、あなたがこんな事をっ』

激しく拒絶した柊を、見つめる山科の瞳が、スゥッ…と冷ややかなものに変わった瞬間を、柊は今でも忘れる事ができない。

山科は始めからそのつもりで、援助の手を差し伸べたのだ。

柊に選択の余地がないように、用意周到に準備をして。

『……お兄ちゃん……ごめんね』

凍りつく柊の脳裏に、衰弱しためぐみの淋しそうな笑顔と細い腕が浮かんだ。

と同時に、再び伸びてくる男の手を、柊はもう拒む事ができなかった。

あれから八年――途中、渡米していた二年を挟んでもなお、山科は柊を手放さなかった。

山科への借金は、まだ完済しそうにない。それどころか、最近の執着ぶりを見ていると、もしかしたら山科は完済など望んでいないのではないかと思わせられる。

――でも、いつかは独立して、めぐみと二人、自由な暮らしを…。

柊は残りのコーヒーを飲み干すと、今一度ガラス越しの秋空に目をやって、手にしていた缶をゴミ箱へ放った。


「一時間だけだと、そう言ったはずです」

「先生、ちょっと待って下さい！　そんな横暴なっ」

「どこが横暴なんですか？　横暴なのはそっちでしょう」

立ちはだかる矢田を押しのけて、柊はドアノブに手をかけた。

その手を入口の両側に立っていた組員達が、むんずとつかむ。柊も人並みの身長はあるはずなのだが、男達はそれよりも頭一つ近く大きく、その分威圧感もすごい。

だが、柊は毅然として彼らを見上げた。

「放したまえ！　きみ達は、組長の担当医に手をかけるつもりか」

近寄りがたい美貌などと言われるだけあって、本気の怒気を見せると、柊にはヤクザとはまた別の凄みがあった。それに気圧されて組員達が手を放すと、柊は「失礼します！」と言いながらドアを開けた。そして、つかつかと病室の中へ突き進む。

途端に周囲の空気が殺気立った。見ればパーテーションを取り払ったベッドの周りには椅子が並べられており、ダークスーツに金バッジという成りの男達が、ベッドを取り囲んでいた。

その全員が前触れもなく入室してきた柊に身構え、にらみをきかせている。

もちろん若中の今井は、柊の後方で身を縮めている矢田にも、叱責の目を向けている。

だが、柊は臆する事なく彼らを見つめ、言った。

「患者の容態に障りますので、これ以上回診を遅らせる事は医師としてできません。どうぞ皆さん、お引き取り下さい」

ベッドを斜めに起こして枕を背にあてがっている香久山が、その言葉にスッと目を細めた。

その横で一番年嵩の男が立ち上がる。

「香久山組若頭の荒川《あらかわ》と申します。藍原先生には大変申し訳ないのですが、今しばらくお待ち頂けないでしょうか」

ヤクザとは思えないほど丁重な口調だった。若頭というからには香久山よりも若いのかと思ったが、荒川はどう見ても四十歳は軽く越えている。

それだけに幹部としての貫禄も充分で、人を逆らわせない迫力も備わっていた。

「すでに一時間待ちました。これ以上の譲歩はできかねます」

でも、柊も負けてはいない。

担当医を引き受けた以上、その責任と義務はきっちり果たす覚悟だ。

「香久山さん、あなたが命を粗末にされる気なら、いっその事、皆さんと一緒にここからお引き取り願うという手もありますよ」

柊がそう言った途端、香久山を除く全員の顔色がサッと変わった。

だが、それを香久山は一拍置いて、乾いた笑い声で払拭した。

「わかった、わかった。これで終いだ。後はおまえらで、いいように計らえ」

「でも、組長っ」

皆がいっせいに驚愕の目を香久山に向ける。

組長が声を立てて笑う事自体も珍しいが、こんな不遜な言動を許してしまう事も稀だからだ。

「柊先生をこれ以上怒らせると、本気で追い出され兼ねないからな。俺もせっかく助けてもらった命だ。寿命を縮めるような真似はしたくない」

きっぱり言う香久山の目が、荒川に向けられる。

「分かりました。組長がそうおっしゃるなら、私共もこれで失礼します」

「ああ。頼むぞ、荒川。皆もご苦労だった」

香久山の言葉に、一同はいっせいに立ち上がり、深々と頭を下げる。

幹部は全部で六人。それぞれがダークスーツの似合う、屈強で風格のある男ばかりだ。

その昔、藍原病院に出入りしていたヤクザとは格が違う。

第一、父は内科医だったので、喧嘩で切った張ったの怪我の手当ぐらいはできたが、本格的な外科手術はできない。

だから、拳銃で狙われるような大物が運ばれてくる事は、まずなかった。

――でも、所詮ヤクザはヤクザ…。皆同じだ。

利用価値のあるうちはいいだけ利用して、なくなれば線香一本すら上げにこない。

「藍原先生、先ほどは大変失礼を致しまして、申し訳ありませんでした。組長の事、どうぞよろしくお願い致します」

「いえ…こちらこそ。香久山さんの体調を最優先に考えての事と、ご理解下さい」

荒川が代表して柊にきっちり頭を下げると、幹部の面々もそれに倣う。

その威圧感に思わず気迫負けしそうになるのを堪えて、柊も丁重に返答した。

男達がぞろぞろと部屋を出ていく中、柊はようやくこれで診察ができると安堵した。

だが、見ればベッド際には、昨日と同じように用心棒の組員が立っている。

「申し訳ないのですが、診察中はあなたも廊下に出ていてもらえますか。昨日は顔見せもあったので同席して頂いたのですが」

男の目がギロリと柊に向けられる。自分の主人以外の命令はけして受けつけない、忠犬の目だ。

「かまわん。出ていろ。終わったら、呼ぶ」

「わかりました」

香久山の一声で男が病室から出て行く。

それを見送って柊が深く息をつくと、ベッドから含み笑いが聞こえた。

「待たせてすまなかったな」

まるで女でも待たせていたかのように謝ってみせる香久山に、柊はばつの悪い思いをする。やはりどこか気が張っていたのだろう。

柊は、患者の前だというのに、あからさまにホッとしてしまった自分に腹が立った。

「そう思うのなら、今度はちゃんと指示に従って下さい」

咳払いをしてそう言い、柊は香久山に背を向け、ドア近くまで歩み寄った。

入口に置きっ放しにしてあったワゴンを取ってくる為だ。

「昨日も言いましたが、医者の言う事も聞かないで、二週間で退院なんて到底無理です」

「ほぅ…。なら、言う事を聞けば、二週間で退院できるのか」

「できません」

きっぱり言い切ると、香久山はワゴンを引いてくる柊に向かって、再び苦笑を洩らした。

「何です？　何かおかしかったですか」

「いや…ただ、俺達相手に一歩も引かない医者ってのが珍しいだけさ。悪く思うな」

そう言いつつも、香久山の顔にはまだかすかに嘲笑が浮かんでいて、柊はムッとする。

「まずは横になって下さい。顔色が悪い。熱も上がっているんじゃありませんか」

柊は香久山の背中にあてた枕を頭に持ってくると、リモコンを手に取ってベッドを元に戻した。

そして、ポケットから電子体温計を取り出し、香久山の耳にあてる。

「別に。朝の検温では、いつも通り微熱だったが」

香久山が言うのと同時に、ピピッと計測終了音が聞こえた。

「…三十七度八分。どこが微熱なんです？　立派に発熱していますよ」

体温計を手に柊が渋い顔をすると、香久山は軽く肩をすくめてみせた。

そういう態度の一つ一つが柊の癇に障る。何となく小馬鹿にされているような気がするのだ。

「ああ…思った通り血圧も低いですね。…脈も少し速い。朝から長時間、無理をするからです。傷の痛みは増していませんか？　先に足の傷の方を診せてもらいます」

医療器具を次々使い、てきぱきと診察をしていく柊を、香久山はじっと見つめる。

「……なぁ、柊先生よ」

『先生』だけで結構です。もしくは『藍原』と名字で呼んで下さい」

香久山の院内着の裾を払い、右太股に巻かれた包帯を解きながら、柊はぴしゃりと言った。

きっと、気分が悪いのはこのせいもあるのだ。

普通は皆、上司も同僚も患者も、柊の事は名字で呼ぶ。

名前で呼ぶのは、プライベートの時の山科ぐらいのもので、それも柊にとっては不快な事に変わりはない。

「名前で呼ばれたくないのか」

「…ええ。できれば」

「そうか。じゃ、柊先生のままでいいな」

「なっ…」

「――できれば…なんだろう、柊先生?」

いけしゃあしゃあと言う男に、カッと頭に血が上った。

だが柊はそれを堪え、あえて平然とした顔をして見せる。

沈着冷静を旨とする外科医が、これしきの事でいちいち動揺するものかと、思いながら。

「ヤクザに曖昧な返答は禁物だぜ」

煽るように笑う香久山に、柊は「そうですね。肝に銘じておきます」とだけ答えて、黙々と傷の消毒を始めた。そして、心の中で自戒する。

ヤクザのペースに、軽々と乗せられてしまってはいけない、と。

ヤクザは自分達が周りにどう見られているのか分かっていて、それを最大限に利用する。派手な外見に、威圧的な態度や口調。それらを大仰に誇示する事によって、相手に恐怖や畏怖、絶対的な優位を植え付ける。

そして一度そういう力関係ができてしまうと、それを壊す事は容易な業ではできない。

「で。回診だって言うわりに、どうして看護師が一人もついてこないんだ？」

柊が消毒を終え、器用な手つきで包帯を巻いていくのを見つめながら香久山が訊く。

そんな分かり切った事を訊いてくる香久山の心情が信じられない。

「皆、あなた方が怖いからです」

「怖い？　そんな事で職務を放棄していいのか」

「そう思うのでしたら、せめて見張りをやめるか、組員の方々の出入りを減らすかして下さい」

「それはできない相談だな。これでもまだ、手薄だと抜かす奴がいるぐらいだ。それに、それこそ職務放棄だろうが」

「だったら、私で我慢して頂くしかありませんね。看護師でなくて恐縮ですが」

そっけなくそう言って、柊は巻き終えた包帯を留め、院内着の裾を直した。

そして、改めて香久山の顔を見つめる。

「いや…別に。俺はあんたでも、ちっともかまわないぜ。看護師でも、医者でも……美人ならどっちでもいい」

好色さを滲ませた香久山の黒い瞳に、柊の唇がきつく結ばれる。

香久山のように、男でも羨むような堂々とした体躯と顔立ちをしている者には、柊のコンプレックスや憤りは理解できないに違いない。

綺麗だと言われて喜ぶのは女だけで、普通の男はそれを賛辞とは取らないだろう。

それは柊も同じだ。いや、山科に関係を強いられるようになってから、より嫌悪を感じるようになったかもしれない。

そのせいで元々の気の強さに加え、最近では冷淡さにも磨きがかかっている。だが皮肉な事に、それがますます自分の容貌を際立たせているのだとは、柊自身知る由もなかった。

「あいにく私は男ですので、口説いても何も出ませんよ」

「そういう憎まれ口を叩かれると、ますます口説いてみたくなるだろうが」

そう言って、ニッと笑う香久山を無視し、柊はベッド脇の制御プレートに手を伸ばした。

「次は脇腹と胸の傷を診ます。ベッドを起こしますので、注意して下さい」

柊がボタンを押すと、ベッドの上半分がゆっくりと持ち上がる。

香久山はベットが上がり切る前に自分から躰を起こし、院内着の片袖を脱いだ。

その顔がわずかに歪む。

「まだ、ひどく痛みますか」

「いや。これぐらいは慣れているし、どうって事はないんだが、早く一汗流したいと思ってな」

香久山は傍らに立つ柊を見上げて言った。

そのせいで思いがけず間近で視線がかち合い、柊は急いで目を逸らした。

「熱が下がらない状態でシャワーを浴びたりしたら、感染症を引き起こし兼ねません。後数日は我慢して下さい。明日にでも看護師に……いえ、私が清拭に来ますので」

そう言って、柊は手早く包帯を解いていった。

だが、いくらも経たないうちに、その手はピタリと止まり、目が大きく見開かれる。

「…っ!」

すっかり失念していたが、包帯の下から、手術の時に垣間見た見事な刺青が現れたからだ。

刺青は日の光を浴びて鮮やかさがいっそう際立って見える。緑と青に彩られた二匹の龍は、互いの躰を艶めかしいほど絡め合い、なのに牙を剥いて相手を食い殺さんばかりににらみ合っていた。

「―――あんたでも、やっぱりコレは怖いか」

揶揄する声に、柊はハッと我に返り、止まっていた手を再び動かし始めた。

そして、平然とうなずいて見せる。

「ええ。もちろん、怖いですよ」

「ほぅ…」

下から窺い見る香久山の視線を意識しながらも、柊は解き終えた包帯を手に、しげしげと刺青を眺めて言った。

「特にこの龍の目が、今にもギョロリとこちらを向きそうで怖いです。それに龍の胴体も、こんなに複雑に絡み合って…鱗の一枚一枚も濡れているように光っている。じっと見ていると、まるで本当に生きているみたいで、鳥肌が立ちます」

今までも何度も刺青は目にした事がある。龍に虎に鯉に唐獅子牡丹、観音や天女と、病院に出入りするヤクザ達の背中には色とりどりの刺青が競い合うように彫られていた。

特に龍はポピュラーな図柄で、昇り龍に下り龍という双龍の刺青も見た事はあるが、こんなにも躍動的なものは初めて目にする。それだけに、目を奪われた率直な感想を口にしたのだが、香久山はそれをハッハッハと、豪快に笑い飛ばした。

「それが怖がってる者の言う事か」

「別に嘘は言ってません」

ムッとして言うと、香久山は痛みに顔をしかめつつ、なおも肩を揺らす。

「怖いと思う奴らはな、コレを見た瞬間、例外なく目を逸らす。じっと見て、どこが怖いかを分析して語る奴など、そうそういやしない」

「そうですか。悪かったですね」

「いや。悪くない。俺は気に入ったぜ」

「え?」

香久山の胸と脇腹のガーゼを剥がしていた柊の手がピタリと止まる。

「——俺はあんたが気に入った…そう言ったんだよ、柊先生」

ドキンと鼓動が跳ね上がる。それは思いがけず真剣な口調で言われたからなのか、それとも香久山の目が笑っていなかったからなのかは分からない。

だが、柊はそんな風に反応してしまった自分に、ひどく腹が立った。

「気に入ってなど頂かなくて結構です」

「どうしてだ。俺がヤクザだからか」

「そうです」

きっぱり言い切った途端、香久山の目がスゥ…ッと細くなった。

その冷ややかな視線に、柊もさすがにそれが失言だと悟る。

だが、香久山の口から出たのは怒声ではなく、思いがけず静かな詰問だった。

「あんたは、ヤクザが嫌いなのか」

ピンセットを持つ柊の手が、ピクリと撥ねた。

「……好きな人間など……めったにいないでしょう」

売り言葉に買い言葉の勢いならいざ知らず、面と向かって「嫌いです」とはさすがに言えない。

声もわずかに掠れてしまった。

だが、言葉は違えど、柊の言いたい事は伝わったのだろう。傷口にガーゼをあて、黙々と包帯を巻き出す柊に向かって、香久山は不機嫌そうにフンと鼻を鳴らした。

「だったら、惚れさせるまでだな」

「えっ、…あっ…」

動揺した柊の手から、包帯が転がり落ちた。柊は慌てて膝を折り、それを拾い上げる。

その顎が手荒につかまれ、グイッと香久山の方へ引き寄せられた。

「いちいち言い直さないと、理解できねぇのか」

凄むように言われて思わず気持ちが怯む。そこにつけ込むように、香久山の目が鋭く光った。

「嫌いなら、惚れさせるまでだと言ったんだ。分かったか」

「…離して…下さい…っ」

柊は返事をする代わりに、香久山の腕をつかみ、自分の顎からその手を引き剥がした。

そして立ち上がると、ワゴンからハサミを取り出す。

まだ少し巻き足りない気もしたが、柊は香久山の目の前でジャキンと包帯を切り落とした。

まるで、香久山の戯れ言ごと切り捨てるように。

「下らない事を言ってる暇があったら、ちゃんと安静にしていて下さい」

込み上げてくる怒りに任せてそう言うと、柊はテープで包帯を留め、手早く院内着を整えた。

そして、香久山に口を挟む余裕を与えず、つかつかとベッドを離れる。

「言っておきますが、無茶をすればする分だけ、退院は遅れます。肝に銘じておいて下さい」

ドアノブに手をかけたところで、柊は振り向きざまそう言った。

香久山は腕を組んでじっとこちらを見ていた。

その口元に不敵な笑みが浮かぶ。

「気の強い所も、なかなかそそるぜ……柊先生」

「…っ。失礼します！」

医者にあるまじきドアの開閉音に、廊下にいた組員達の目が大きく見開かれた。

◆

「いゃあ、てっきり藍原先生に指導して頂けるものだと思っていたので、正直残念ですよ」

そう言って、須藤《すどう》という医師は、握った柊の手をもう一度、きつく握り返してくる。

回診を終え、医局に戻った柊は、そこに見慣れぬ医師を見つけて驚いた。香久山の一件で、すっかり失念していたが、今日から外科に新任の医師が来る事になっていたのだ。

須藤という男は米国帰りの外科医で、年齢も二十七歳と、境遇が柊と良く似ている。

だが、外見はまさに米国帰りという派手な感じで体格も良く、柊とは似ても似つかない。

髪は短髪だがひどく明るい茶髪で、耳には小さなピアスが光っており、着ている白衣も皆とは違ったケーシータイプのもので、それが須藤の風貌によく似合っている。

これでも一生懸命地味にしてきたんですよ、と言う須藤の口ぶりは、どこか憎めない感じがして、林部長もしきりに苦笑いをしていた。

これで腕が一流という触れ込みがなかったら、小言の一つや二つは必ず出るだろう。

「いや、申し訳ないんだが、藍原くんは今ちょっと難しい患者を担当しているものでね。きみの面倒はこの戸田くんが見てくれる事になってるんだよ」

「そうなんですか。じゃあ仕方ないですね。戸田先生、よろしくお願いします」

須藤は握っていた柊の手をようやく離し、今度は戸田に笑顔で握手を求める。

まだ来たばかりだというのに、全然気負った所のない、明るいタイプの外科医だ。

「ところで、藍原先生は、シカゴにいらしたんですよね」

「えっ…ああ、そうです。二年ほどM大学病院に」

応える柊に、須藤はにっこりと笑う。

「やっぱりそうだったんですか。実は僕も三年ほどシカゴの病院にいたんですよ。その時、M大病院に若いのにすごく優秀な日本人外科医がいるって聞いて、一度会ってみたいなぁと思ってたんです。でも、まさか藍原先生がこんな方だとは思ってもみませんでしたね。てっきり僕よりもドーンと体格がよくて、耐久力バッチリの体育会系かと思ってたもんで」

「想像を裏切って、申し訳ないね」

柊が苦笑して言うと、須藤は大きく首を振った。

「いえ、とんでもない。いい意味で裏切られましたから」

その横で戸田が笑いながら口を挟む。

「そうそう。藍原先生にはね、僕達も本当に驚かされるんだよ。ヤクザ相手に一歩も引かないで、啖呵を切るとかね。それも、香久山組っていう松波会系でもトップクラスの組長に、だよ」

「戸田先生っ」

「えっ、松波会系って…あの超有名なヤクザの？」

身を乗り出す須藤に柊は嘆息する。

明るいこの雰囲気に、せっかく忘れかけていた香久山の事が一気によみがえってきたからだ。

――何が、嫌いなら惚れさせるまで、だ…。

おそらく香久山は、生意気な柊を足元にひれ伏せさせたいだけなのだ。

だから、惚れるという言葉に、必要以上に神経質になる事はないのだと思う。

特に任侠の世界では、男が男に惚れ込み、崇拝する事は珍しくない。

だが、女性だけでなく、男からも何度か言い寄られた経験がある身としては、どうしても身構えてしまうのだ。山科に抱かれているからといって、柊が男好きな訳ではけしてない。

あまり長続きはしなかったが、女性とも何度か付き合った事がある。

亡くなった母似だというこの風貌のせいで人目を惹いてしまうのは仕方ないとしても、ヤクザの暇つぶしにもてあそばれるのは絶対にごめんだ。

「藍原先生もいろいろ気苦労が絶えないだろうけど、頑張ってくれよ。愚痴ならいつでも聞くし」

黙ってしまった柊を気遣うように、戸田が言った。

その横で林部長も、うんうんとうなずいている。

「まぁ、何だかんだ言っても、一ヵ月の辛抱だ。藍原くんも大変だろうが、戸田くんもこう言ってくれてるし、須藤くんとは共通する部分も多い。仲良くやってくれたまえ。じきにオペでも組んでもらう事になるからな」

その言葉に、柊の胸が温かいものに包まれる。

「僕もできる事があれば何でもしますよ。いつでも言って下さいね、藍原先生」

親しみを込めた口調で言ってくれる須藤にも、自然と微笑みが浮かんだ。

「そうですね……本当に。ありがとうございます。頑張ります」

そうだ。確かに、たったひと月の事だ。

香久山は患者で、自分は医者で、怪我さえ完治すればもう会う事もない。

他の患者と、何ら変わりはないのだ。

そう考えて、柊はようやく胸のつかえが下りたような気持ちになった。

◆

三日が経った。

香久山は順調に回復し、病室の中でなら点滴台を押して、移動もできるようになった。それにさすがに鍛錬されている躰だけあって、快復力がめざましい。

無茶さえしなければ、本当に一ヵ月を待たず、退院も可能かもしれないと思ったが、柊は口にはしなかった。この三日は気持ち悪いぐらいおとなしくしていた香久山だが、いつ何をやらかすのか分からないのがヤクザだ。けして安請け合いはできない。

それにおとなしくとは言っても、相変わらず組員達の出入りは激しく、その度にナースステーションは戦々恐々としているようだ。

なので、柊も外来や手術の合間を見ては、なるべく特別室に顔を出すようにしていた。

「香久山さん、清拭は今日で終わりです。明日からはシャワーを浴びて下さって結構ですよ。ただし傷口にはカバーをして、極力濡らさないようにして頂かないといけませんが」

柊はそう言いながら、熱いタオルで香久山の腕や肩を拭いた。

その横で、舎弟の矢田が湯に浸したタオルを硬く絞って、柊に渡すタイミングを計っている。

いつもは香久山の身辺の世話は若頭の荒川がしているらしいが、組長不在の今は、若頭補佐と共に組長代理を務めるのに忙しいようだ。なので、香久山の世話は主に若中の今井と、この矢田が担当している。

本当は看護師以上に甲斐甲斐しく世話を焼くこの二人に、香久山の清拭も任せたいところだったが、包帯に覆われている部分が多い上に、勝手にそれを解かれても困るので、柊がしている。

だが、本来外科医がする事ではないので、どうにもぎこちなく、香久山も早くシャワーを浴びたいだろうと思って、早めに解禁にしたのだ。

なのに。

「なんだ。もう終わりか。せっかく手慣れてきたところだったのに、残念だな」

てっきり喜ぶかと思っていた香久山は、不満げにそう言うと、柊に向かってニヤリと笑う。

「あと一週間ぐらい、こうやって俺の肌に触れていれば、さすがにあんたも情が湧いただろうに」

その言葉に、柊は「またか…」と胸のうちで嘆息し、ぴしゃりと返答する。

「残念ですが、その可能性はありません」

ここ三日、香久山はずっとこの調子で、柊に意味深な言葉を吐いてはその反応を楽しんでいる。

その度に、断固たる態度で接する柊だが、さすがに下手な事は口にできない。

今井はさておき、香久山に心酔している矢田の気配が一気に険悪さを増すからだ。

柊はそれ以上は何も言わず、タオルを手に、香久山の背後に回った。

そして、龍の鱗に彩られた、たくましい双肩の上にそれを置く。

正直、香久山と面と向かうよりも、一幅の絵を思わせるこの見事な刺青を前にしている方が、よほど気が楽だ。刺青にはいい思い出はないが、三日も間近に接していると、刺青が日本を代表する芸術の一つだと言われる理由が少しわかったような気がする。

「でも、コレには少し、情が湧いたんじゃねぇのか」

柊の気持ちを見透かすように香久山が言った。

「……別に。湧きませんよ」

そっけなく答えてタオルを香久山の背中に滑らせるが、一瞬の間を気取られたのだろう。

香久山はフンと鼻を鳴らし、「だったら、湧かせてやろうじゃねぇか」と前置きして言う。

「この刺青はな、実はこう見えても、まだ彫りかけなんだ」

「彫りかけ？　この双龍が、ですか」

これには、思わず柊も手を止めて、眼前の刺青に目をやった。

別に情が湧いた訳ではないが、頑健な両肩から腰まで、背中一面に描かれたこの刺青の、どこが彫りかけだと言うのかと、さすがに興味が湧いてしまう。

「ああ。素人目にはそう見えないだろうが、完成までまだ二、三回はかかる」

「そんなに…。じゃあ、ここまで彫るのに、いったいどのぐらい時間がかかったんですか」

「もうすぐ二年になるな」

「二年も」

これには柊も素直に驚いた。

刺青を彫るのは大の男でも根を上げるほど痛いものだ聞く。もちろん、間を置いて何度も彫師の元に通わなければ完成しないものだという事は知っているが、そんなに長期間を必要とするものだとは思わなかった。なのでつい、感慨深げに見つめてしまう。

「でも…これのどこが未完成なんですか。全然分かりませんね。強いて言えば、この辺ですか…。曼珠沙華の花が、もう少しあってもいいような…」

柊の指先が、香久山の左肩に触れる。

「ほぅ…分かるのか。やっぱり隅には置けねぇな」

感心したように言う香久山に、柊はすっかりペースに乗せられていた事に気づいて、「ただ何となくです」と言いながら、急いで手を放した。

その耳に、男の低い声が響く。

「――だから、傷をつけたくなかったんだ」

「え？」

「これは俺が極道に骨を埋める覚悟の証だからな。仕上がるまでは、傷物にしたくなかった」

その言葉に、柊は息を詰める。

ヤクザにとって刺青は、見栄や権力を誇示する為の小道具なのだと柊は思っていた。

だが、今なら分かる。香久山が自分の怪我の事よりも、まず先に刺青の事を尋ねた、その理由が。

『――墨はな……極道の命だ』

若者がファッションで彫るタトゥーと一線を画するのは、そこに込められた想いの深さや重みに雲泥の差があるからだ。

「どうだ。今度、あんたも見にくるか」

「…えっ？」

「コレが完成する所を、見せてやると言ってるんだ」

香久山の言葉に、ほんの一瞬、心が動いた。

人の命を救う自分の針と、刺青という生きる絵画に命を吹き込む針――その違いを見極めてみたいという、医者らしい探求心が柊を揺さぶる。

だが、ヤクザの甘言に易々と乗せられるほど、自分は馬鹿ではない。

「別に。結構です」

「どうしてだ。さっきまではあんなに熱心だったくせに。本当はもうすっかりコレの虜だろう？」

肩越しに柊を振り返り見る、男の目が憎らしい。

自分の言っている事に絶対の自信を持ち、それを無理やり押しつけてくる傲慢な目だ。

「違います。あなたが訊くから、それに答えていただけです。勘違いしないで下さい」

「つれない事を言うな。背中の墨ごと俺の裸を見れるのは、彫師とオンナだけの特権だ」

「なっ…。オンナって、誰の事を言ってるんですか！」

カッと怒りに顔を紅潮させる柊に、香久山はなおも当然という顔で言葉を次ぐ。

あげく、柊の尻をその大きな手で、鷲づかみにしてくる。

「いずれそうなるんだから、いいだろう」

「なる訳ないでしょう！　私は男です、放して下さいっ」

「ああ。だったら、俺の主治医でもいい……俺専属のな」

「誰が、主治医になんてっ…いい加減にして下さい！」

いやらしく尻の肉を揉み込んでくる手を、躍起になって振りほどこうとする柊に、真っ赤になって絶句している矢田の視線が注がれる。

信じられない。破廉恥にもほどがある。もう我慢ならない！　そう思った時だった。

「あの…すみません」

ノックの音が聞こえ、細く開けられたドアの隙間から、警備の組員が顔を覗かせた。

途端に、応接セットのソファに座り、騒ぎをよそに書類整理をしていた今井が顔を上げる。

「何だ。先生がいらしてるんだぞ。後にしろ」

「それが、その…そういう訳には、ちょっといかねぇみたいで」

困惑げにそう言う組員の背後が、何やらざわついている。

「どうした？　何かあったのか」

「どうも…誰か幹部の方が、直々にお見舞いにいらしたようで…」

「幹部？　いったい、誰だ。騒々しいな」

組員がしきりに背後を気にする中、今井は厳しい顔をしてつかつかとドアに歩み寄った。


柊はセキュリティドアを開けて廊下に出ると、はぁぁ…と傍目にも分かるようなため息をついた。

そして、まだ警察や組関係者が厳戒態勢を敷いているその場から、急いで離れる。

あの場面で、激昂せずに済んだのは良かったが、柊は別の意味で激しい疲労感に襲われていた。

香久山を見舞ったのは、あろう事か、今回の怪我の元である関東極道の総元締め、松波会会長本人だったからだ。

しかも、急いでその場を辞そうとする柊も、香久山を救った執刀医として、その場に同席させられたのだからたまらない。

松波は二十の子組を束ねる大親分の風格を持ちながらも、どこか悠然と構えた初老の男で、自分を盾にして庇ってくれた香久山の事をひどく心配し、柊にも自ら頭を下げて礼を言った。

強面の側近をずらりと従え、その中でヤクザの大親分に低頭される気持ちは、一口に言葉では言い表せられない。

ただ激しい動悸と極度の緊張の中、柊は香久山という男の存在を、今さらながら思い知った。

彼は柊が最も忌み嫌う、極道中の極道なのだと。

「藍原先生、ちょうど良かった。探してたんですよ」

混乱を避け、職員用階段で五階のフロアに下りた柊は、その声にハッとして顔を上げた。

「須藤…先生」

茶髪にピアスに、くったくのない笑顔。

それらが張り詰めていた柊の心に、温かく沁みていく。

昨日の午後、初めてオペで須藤と組んだ。オペ自体は肝臓癌腫瘍摘出手術という一般的な内容のものだったが、柊がこの山科病院で執刀した中で、一番スムーズでロスのないオペだった。

それは執刀医の補佐を務める前立ちに、須藤がついたからだ。

須藤はまるで長年コンビを組んできたような的確さで柊をフォローしてくれた。

それは柊に、須藤という男に対する深い信頼感を植え付けたのだった。

「探してたって…何か病棟であったのかい？」

歩み寄る柊に、須藤は軽く首を振る。

「いえ、そうじゃなく、ちょっと個人的にお話があって…。今、時間大丈夫ですか」

「ああ。ちょうど一息入れたいと思ってたんだ。静かな場所があるから、そこでコーヒーでも飲みながら聞こう」

「そう思って、もう買っておきました。藍原先生は、これでいいんですよね」

ニッと笑って須藤は白衣のポケットから缶コーヒーを取り出す。

それは柊がいつも好んで飲むメーカーのものだった。

「気が利くな。ありがとう」

まだここに来てから数日だというのに、そんな事にまで気を配ってくれたのか。

須藤の思いがけない優しさに、柊は安堵にも似た親しみを覚える。

「じゃ、行きましょうか」

そのせいで柊は背中に回された須藤の手に、何の疑いも抱かぬまま、足を踏み出したのだった。

◆

「柊…疲れてるなら泊まっていきなさい。私はもう出るよ」

耳に聞こえてきた声に、柊はハッとして目を開けた。

一瞬、ここがどこだか分からなくて戸惑ったが、素肌に触れるシーツの感触と、視界に浮かび上がる山科の姿に、柊は自分がホテルのベッドに横たわっている事に気づいた。

「…あ……院長」

立ち止まり「何だね」と振り向く山科に、柊は無意識に呼び止めてしまった事を悔いる。

自分が今、何を口にしようとしたのかに、思い当たったからだ。

「いえ…何でもありません。おやすみなさい」

そう言うと、山科は訝しげな顔をしながらも「ああ。おやすみ」と答えて、部屋を出ていった。

パタンとドアが閉まる。と同時に、柊は頭を枕に沈め、再び目を閉じた。

すると瞼の裏に、今一番見たくない、紛いものの笑顔が浮かび上がる。

それが嫌で、柊は勢いよくベッドの上に起き上がった。そしてサイドテーブルに置かれた飲みかけのミネラルウォーターに手を伸ばし、一気に飲み干す。

顎に幾筋も雫が伝った。

柊はそれを拭いもせず立ち上がり、まっすぐバスルームへと向かった。


「静かでいい場所ですね。密談にはもってこいだ」

いつも休憩時に使っている廊下の突き当たりの死角に案内すると、須藤はそう言って、軽く口笛を鳴らした。柊はその言葉に、フッと微笑んで、缶コーヒーに口をつける。

だが、その顔から笑みはすぐに消えた。

「さっそくですけど、回りくどいのは好きじゃないんで、単刀直入に言わせてもらいますね」

「え？」

「――藍原先生って、山科院長とできてるでしょう？」

スッと血の気が引いた。目の前の明るい笑顔と、今言われた言葉とが、全く噛み合わない。

「…な…にを…いきなり……馬鹿な事を…」

声が震えそうになるのを必死に抑えた。何の冗談だと、笑い飛ばそうとして。

「あ、否定しても無駄ですよ。初出勤の前日の夜、挨拶に伺おうと出向いた時に、この耳でしっかり聞かせてもらいましたから」

だが、その努力も須藤の次の言葉に、霧散する。

「院長室で…だなんて、大胆ですね。それも、鍵もかけずに」

手の中の缶がスルッと抜けて、鈍い音を立てながら廊下に転がる。

その缶の口から飲みかけのコーヒーがこぼれて、床に拡がった。

「あ、そんなに警戒しなくても大丈夫ですよ。何せ僕も同類ですから」

そう言いながら須藤が一歩、柊に歩み寄る。

柊はその姿に言葉を失ったまま目を見開き、一歩後ずさった。

知られたのだ。あの時、院長室のドアが音を立てたのは、やはり気のせいではなかったのだ。

「金か、躰か……僕はどっちでもいいです」

にこやかに言いながら、須藤はゆっくりと缶を拾い上げる。

「金や出世の事なら、当然院長をゆするべきなんでしょうけど、気に入っちゃったんですよね、僕。藍原先生の事が」

何かの間違いだろう――一度はきっぱり否定してみたものの、須藤は「だったら口外しても、かまわないんですね」と切り返してきた。

紛れもない恐喝だった。

火のない所に煙は立たない。たとえ院長に相談して須藤を免職にしても、噂が広まれば元も子もない。山科も院長とはいえ婿養子で、柊も一介の雇われ外科医だ。当然病院にはいられまい。もちろんスキャンダルは病院の信用にも大きく影響し、多くの職員や患者にも迷惑がかかるだろう。

柊はシャワーの熱い湯を浴びながら、唇を噛みしめた。

すべては、こういう乱れた関係を続けてきた、山科と自分に否があるのだと。

——でも…。

信じていた者に手ひどく裏切られる苦痛は、何度味わっても慣れるものではけしてない。

だから安易に他人を信じてはならないのだと、柊は自分を戒めてきた。

見返りのない愛情や友情など、現実にはどこにも存在しない。

在るのはただ、ギブアンドテイクの人間関係だけだ。

——なのにっ…。

湯気にうっすらと曇るバスルームの大きな鏡。

柊はそこに映る自分の躰をじっと見つめ、そして背を向けるとバスルームを後にした。

◆

「お疲れ様でした。後は急患が入り次第、電話しますので、藍原先生はお休みになっていて下さい」

そう言われて、仮眠室に戻ったのは午後十一時。

今夜は柊に当直医の番が回ってきて、今さっき一波越えた所だった。

夜間の救急外来に一晩中ひっきりなしに急患が運ばれてくる事は稀だ。たいていは忙しい時間帯とそうでない時と、何度か波がある。その暇な時間帯に、当直医は交代で仮眠を取るのだ。

今夜の相方は以前香久山が運ばれてきた時の中鉢内科医で、暇を見てはその後の香久山の様子を興味本位で聞きたがり、柊は正直かなり疲れていた。

——とりあえず、少し横になろう…。

柊は白衣を脱いで、机の椅子の背に放り、ブルーの術衣のまま、部屋の隅のベッドにばったり倒れ込んだ。そして襲ってくる睡魔に身を任せて、目をつぶる。

その途端だった。

コンコンと控えめなノックの音がして、柊は瞬間的に目を開け、ガバッと半身を起こした。

——急患かっ？　でも、そうなら、まず電話が…。

疑問に思うと同時に、ドアが開き、今一番会いたくない男が姿を現した。

「休憩ですか、藍原先生？」

かつてはホッとしたその笑顔に、柊の顔が強張る。

「…こんな時間に…どうしたんですか、須藤先生」

「もちろん、藍原先生の顔を見に来たんですよ」

悪びれる事なく言って、須藤は後ろ手にドアを閉めると、つかつかと仮眠室の中へ入ってきた。

「ああ。お疲れのようですね。やっぱり救急でも僕とコンビを組んだ方が処置がやり易いんじゃないですか。僕と藍原先生は、本当に相性がいいみたいですし」

須藤は机の前の椅子を引いて腰をかけ、柊と向き合った。

「用件は何です？　また、金ですか」

硬い声で訊く柊に、須藤がクスッと笑って背もたれにかかっている白衣に指を滑らせる。

「察しがいいのはとてもありがたいんですが、せっかく相性がいいんですから、そろそろ試してみませんか……あっちの方も」

「それはお断りしたはずです」

ぴしゃりと即答し、柊はベッドの上に起き上がると、須藤に鋭い目を向けた。

「金か、躰か、と言ったのは嘘だったんですか。話が違う」

この一週間、すでに須藤は二度、柊から少なくはない額の金を受け取っていた。

なのに須藤は、この上、躰まで要求してくるつもりなのか。

「そんな子供みたいな事を言わないで下さいよ。僕はね、先生に心の準備をする時間を差し上げてるんですよ。ただ金が欲しいだけなら、院長の方をゆすると言ったでしょう」

「今さら何をっ…」

「僕達はもういい大人じゃないですか、藍原先生。何も院長から僕に乗り換えろ、なんて野暮な事は言いません。あなたにも野心はあるでしょうからね。ただ、僕とも遊んでくれればいい」

言って須藤は椅子からグッと身を乗り出してくる。

まずい――そう感じて、咄嗟に立ち上がろうとしたが遅かった。

肩を鷲づかみにされ、強く押されて、柊の躰がベッドに押し倒される。

「やめて下さいっ」

覆い被さってくる男の躰を、どうにかしてはね除けようともがくが、須藤はびくともしない。

「だったら、言い触らしますよ……いいんですね」

その言葉に、柊は息を呑み、動きを止めた。

頭上からクスッと笑い声が落ちてくる。

「何も難しく考える必要はない。躰の付き合いだと割り切ればいいだけですよ…簡単な事だ」

諭すように言う須藤をにらみつけ、柊は込み上げる憤りに唇を噛んだ。

恐喝者に道理を説くほど、無意味な事はない。それは身に染みるほど知っている。

たとえここで抵抗して逃れても、須藤はまた同じ事を繰り返してくるだろう。

どうせさんざん山科に汚された躰だ。今さら守る貞操もなければ、誰に義理立てする必要もない。

だったら……――柊は須藤から顔を背け、きつく目をつぶった。

それを承諾ととったのか、耳に再びくぐもった笑い声が聞こえる。

「楽しませてあげますよ……藍原先生」

ざらり…と耳朶を舐められ、術衣越しに躰を撫で回されて、背筋に悪寒が走る。

その指が胸の突起を探り当て、キュッとつまみ上げた。

「…っ!」

痛みと快感がない交ぜになって柊を襲う。それが嫌で身をよじる姿が余計に劣情を煽るのか、須藤は術衣をまくり上げると、指でそこを執拗に嬲り、舌を這わせてくる。

「いやらしいな。もうこんなに赤く尖らせて」

唾液にまみれた乳首が外気に晒され、スゥ…と冷える。その感触に、自分のそこがどんな風に須藤の目を楽しませているのかがはっきりと分かり、柊の目元が恥辱に染まった。

あげく須藤はさらにそこを舌でねぶりながら、もう片方の手を柊の下肢に滑らせてくる。

「あっ…く…ぅっ…」

「思った通り敏感な躰だ。乳首に触れただけで、こんなに硬くして…」

須藤の手が、ズボン越しに柊の分身を揉みしだく。ビクンと腰が撥ねた。

そこをすかさず捕らえて、須藤は勃起してきた先端を、親指でぐりぐりと刺激する。

「んっ…や、あっ」

押しつけられる下着に、じわり…と先走りが染みるのが分かる。

その布地ごと先端の割れ目をなぞられて、痺れるような痛みが柊の躰を突き抜けた。

「藍原先生は、どこをどう触ってもらうのが好きなんですか。こんな風に、焦らされるのがイイのか…それとも、ちょっと乱暴に、痛くされるのがイイのか」

言いながら須藤は、剥き出しになっている胸にかぶりついた。

「ひっ…ああっ…」

乳首をきつく咬まれ、そのまま引っ張られて、柊の躰が硬直する。

それは甘咬みというよりも、痛みそのものを感じさせるほど強い愛撫だ。

だが、須藤はこういう行為に慣れているのか、咬みながら巧みに強弱をつけてくるので、痛みはあまり持続せず、しだいに熱く痺れるような疼きに変わっていく。

「やっぱり…こういうプレイが、先生の好みなんですね」

「ちっ…違うっ」

柊は須藤の肩を力の入らない手で押し、頭を振った。

男に抱かれるという行為自体を嫌悪しているのに、自分が何をどうされたら感じるのか、気持ちがいいのかなんて、考えた事もないし、考えたくもない。

「恥ずかしがらなくてもいいんですよ。それならそうと、やり方はいくらでもある。僕がたっぷり満足させてあげましょう」

言いながら須藤は下衣の紐を引き、柊の下着の中へ手を潜り込ませた。

そして、柊の屹立に直に触れ、淫らに手を蠢かせる。

その感触に、激しい嫌悪感が込み上げた。

「いっ……嫌だ！　よせっ！」

柊は必死で力を振り絞り、須藤を突き放した――その途端。

ノックもなく、いきなりドアが開かれ、柊と須藤は息を詰め、固まった。

「――無理強いは、良くねぇな……須藤先生よ」

聞き慣れた低い声に、柊の目が大きく見開かれた。

「だ、誰だ、君は？　こんな時間に患者が何の用だ！　出ていきたまえ！」

須藤が口早に怒鳴る。

だが、黒いガウンを纏った香久山は悠然とドアを閉め、こちらに向かってくる。

「誰にものを言ってる。出ていくのは、てめぇの方だろう」

「何だと!? 医者に向かって、何て口の利き方だ。いったい君は、どこの病棟の患者だ?」

「黙れ。俺の担当医を恐喝してる奴に、四の五の言う資格はねぇんだよ」

凄みのきいた声で言いながら、香久山は自分の懐に手を差し入れる。

「俺の担当医? あっ!」

「香久山さんっ!」

柊が叫ぶのと同時に、香久山の胸元から取り出されたものが、須藤の頬を叩いた。

「これで失せろ」

てっきり刃物か何かかと思った。

だが、ベッドの上に、バサリと落ちたのは、万札の束で。

「…香久…山…って? まさか、あんた…」

おののく須藤の顔から一気に血の気が引く。

その首を香久山の手がつかみ取り、ゆっくりと持ち上げる。

須藤は「ひっ」と叫んで目を剥くと、震えながらその場に立ち上がった。

その顔を、香久山が間近からにらみつける。

「金が不足…ってんなら、指を一本もらう事になるが、それでもいいのか」

「い…いいえっ。かっ、金の…方が…っ」

上擦った声で答えるが、香久山は満足せず、須藤の右手をつかんで眼前に持ってきた。

そして、小指の付け根をことさらゆっくりさすって、駄目押しをする。

「たとえ小指でも…根元からすっぱり切り落とせば、もう外科医はできねぇだろうなぁ」

ヤクザの本気の脅しに、須藤の膝がガクガクと震え出す。

その躰を突き放すようにして香久山が手を離すと、須藤はもつれる足もかまわず、逃げ出した。

「待てや！」

部屋に響き渡る重厚な声。

ビクッとして立ち止まる須藤に、香久山はベッドの上の札束を拾い、ゆっくりと歩み寄った。

「忘れものだぜ」

薄く笑いながら、香久山は須藤の背広の内ポケットに、それをねじ込んだ。

そして、つかんだ背広を引き寄せ、間近で駄目押しをする
「忘れるな。今度おかしな真似をしやがったら、指一本じゃすまないと思え。いいな」

「―――っ…。わ…わかりました！」

須藤は青ざめた顔で何度もうなずき、香久山が手を離すと、脱兎の如く仮眠室を出ていった。

その一部始終を、柊はベッドの上で呆然として見つめていた。

何がどうしてこんな展開になったのかわからない。まるで夢でも見ているような気がした。

部屋が急にシンと静まり返り、黒く鋭い瞳がこちらを振り向く。

その眼差しに柊はハッとして、急いで乱れた術衣を整えた。そして、掠れ声で訊く。

「…どうして……ですか」

「この一週間、どうもあんたの様子がおかしかったからな、それとなく下の者に探りを入れさせておいた。それだけの事だ」

香久山は淡々と、ごく当然のように答えた。

だが、柊には解せない。勤務中には極力普通にしていたつもりだったし、香久山もまたいつも通りの態度で柊に接してきていた。

もちろん、須藤の事は誰にも話していない。山科にもだ。

なのに、どうして——

「ただ、さすがに数日じゃあ、わからなかった事もある。あんたが、何をネタに脅されてたのか、って事だ」

その言葉に、柊は息を呑む思いで香久山を見つめた。

ならば香久山は、自分と山科の件については何も知らないのだ。

知らずに、こんな時間にこんな所まで…点滴が取れて自由に歩き回れるようになったとはいえ、わざわざ自身で出向いてきて、助けてくれたのか。

「別に言いたくなきゃ、無理に言わなくてもいい。誰にでも事情はあるからな」

無言の柊に、香久山は眉根を寄せた険しい顔つきで言う。

だが、その声は思いがけないほど優しい響きで、柊の胸をジン…と熱くした。

この一週間、誰にも何も言えず、一人で耐えてきた頑なな気持ちが、香久山の言葉一つで解けていくような感じがした。

「どうして…そこまでして下さるんですか」

だからつい気を許してしまったのが、浅はかだったのかもしれない。

自分が、三度《みたび》同じ轍を踏むとは、思いもせずに。

「――男なら当然の事だろう。惚れたオンナを、助けるのは」

さらりと言われたその一言に、頭をガツンと殴られたような気がした。

「惚れた…オンナ……ですか」

ヤクザの戯れ言だと、いつも聞き流していた言葉が、一瞬にして現実味を帯びる。

柊の心が急速に冷えていった。

結局、やっぱりこの男も同じなのだと。

用意周到に罠を張り、陥れ、柊の躰を女のように抱こうとした、山科や須藤と何も変わらない。

自分の命の恩人を、危機から救ってやりたい――――ヤクザにそんな純粋な動機を一瞬でも求めた自分が馬鹿だったのだ。

「何だ。何か不服か。助けてと頼んだ覚えはない…とでも言いたいのか」

「いいえ。とんでもない」

柊は弾かれたように首を振った。そして、うっすら微笑んでみせる。

この男はヤクザで奸計のプロだ。目的を達成する為には手段は選ばないし、こんな好機を逃すはずもない。だから手下を使って、絶妙のタイミングで踏みこんできたのだ。

柊を自分のもの《オンナ》にする為に。

「助けて頂いて、ありがとうございます。正直な所、本気で困っていましたので、助かりました」

そう言いながら柊はベッドから立ち上がると、香久山の前に歩み寄った。

そして、おもむろにその場でひざまずく。

喉がコクッ…と小さく鳴ったが、柊は振り切るようにして香久山の下肢に手を伸ばした。

「おいっ。何をする気だ」

あまりにも唐突な柊の行為に、さすがの香久山も顔色を変え、柊の手をガシリとつかむ。

その顔を、柊は氷のように冷めた目で見上げた。

「結局、あなたの目的も、コレなんでしょう」

細くすがめられた香久山の目の奥に、ゆらり…と怒りの火が点る。

「……どういう意味だ」

「意味も何もない。金に見返りは付きものです。特に、あなた方の世界ではそれが常識かと…。違いますか」

凛とした声で、柊は香久山から目を離さず、言った。

もう手玉に取られるのはごめんだった。

どうせ肉体を要求されるのなら、せめて気持ちだけも対等に在りたかった。

「ヤクザの厚意を、ただで受ける気はない……そういう事か」

腹の底に響く畏怖すら感じさせる声が、頭上から降り注ぐ。

だが、柊はひるまなかった。

「ええ。私も馬鹿ではありませんので」

つかまれた手に、痛いほど強く力が込められた。

「さすが医者だな。物分かりが良くて助かるぜ」

突き放すように言って、香久山は柊の手を放し、代わりにその顎を持ち上げた。

「だったら、せいぜい楽しませてもらおうか……柊先生よ」

真上から凍りつくような嘲笑を浴びせられ、思わず背筋が震えた。

だが、もう後戻りはできない。

柊は顎をつかまれたまま、ガウンの紐を引き、パジャマのボタンも外していく。

はらり…と前がはだけ、サラシが巻かれた胸と腹があらわになった。

数日前から香久山は院内着の代わりに黒のシルクのパジャマを…包帯の代わりにサラシを巻き出した。それがヤクザの香久山には似合いすぎていて、少し怖い。

下衣に手をかけた途端、香久山の手が離れた。そのせいで、必然的に男の股間が視界に入る。

本当にやれるのか…という嘲りの視線が、自分にひたと注がれている事を感じた。

柊はそれを振り切るように下衣を下着ごと下ろし、香久山の下腹を眼前に晒した。

それは黒々とした茂みの中、まだ形を変えてもいないのに、ずしりとした重量感と勃起した時の猛々しさを柊に感じさせる。

ザワッと全身の肌が粟立った。

そんな自分の反応が嫌で、柊は香久山の男根を持ち上げると、目を閉じて口を寄せた。

ぬるりと口腔内に呑み込み、手と舌で奉仕を始めると、それはピクリと震え、まるで生きもののように首をもたげた。

口淫は慣れている。だが、慣れてはいても、自ら望んでした事はない。

いつも強制され、従わされて、男の淫欲を満たす術を教えられただけだ。

「ん……ふ……っ……」

幹に舌を絡ませ、口をすぼめて何度か上下させると、男の肉塊は見る間に硬くなっていく。

括れを甘咬みし、きつく吸い、再び喉の奥深くまで呑み込む。それを繰り返しているうちに怒張は柊の口にあまるほど嵩を増し、敏感な上顎を刺激して、鼻からあえかな吐息が洩れた。

「おまえ……初めてじゃないな」

香久山の手が、柊の額にかかる前髪を梳くように掻き上げ、そのまま上向かせられる。

そのせいで口から抜けていく男根を惜しむように唾液が糸を引き、舌が震えた。

「…いいえ。初めてですよ」

意味合いは微妙に違うが、嘘は言っていない。

その潔さで男をまっすぐに見上げると、香久山はわずかに目を見開き、クッと喉を鳴らした。

「とんだ食わせ者だな」

「だったら、何なんです。気に入らないから、やめろとでも言うんですか」

「まさか。それならそれなりに、扱い方があるって事だ」

言いながら香久山は、もう片方の手で柊の頬を撫で、濡れた唇に親指を這わせた。

そして、そのまま指で歯列を割り、柊の口を開かせる。

「んっ…うぅっ」

一気に口腔の奥まで肉塊を突き入れられた衝撃に、目から涙が溢れた。

男のものはすでに根元まで口に含めないほど成長していて、柊は苦痛に喉を震わせた。

「歯は立てるな。できるだけ奥まで咥えて、扱いてみせろ」

香久山はそう指示して、柊の頭をつかんで行為を促した。

柊は言われた通り、懸命に奉仕を繰り返した。

その度に、さらに男根は硬度を増して、先走りを滲ませる。この先、その独特な青臭さを口内いっぱいに放たれ、飲み下さねばならないのかと思うだけで、おぞましさが込み上げた。

でもそれもこれも、自身が選択した結果だ。けして悔やむまい。

だが、そう観念した途端――突然、机の上の電話が鳴り響き、柊はハッと目を見開いた。

急患だ。

それは当直医の柊にとって、何を差し置いても優先される事項で。

だが、咥えていたものを放し、行為を中断しようとした柊に、香久山の厳命が下る。

「――出るな」

「馬鹿なっ。そんな事をしたら…ん、ぐっ！」

「こっちを先に終わらせろ」

冷徹な声で言って、香久山は柊の口に、唾液にまみれた己のものを突き入れる。

その間にも、電話の呼び出し音は断続的に鳴り響き、柊の焦燥感を煽った。

電話に出なければ、看護師が仮眠室に呼びに来るのは必至だ。

だが、男の躰を押しのけようにも、柊の頭を包むようにつかむ香久山の手はびくともしない。

「看護師に見られてまずいのは、おまえの方だろう。俺は一向にかまわないがな。かえってギャラリーがいる方が燃える」

不遜な物言いに、柊の目が怒りに燃えた。と同時に、呼び出し音がピタリと止む。

その静けさに、じわり…と背中が汗ばんだ。

「そんな目でにらむな。ゾクゾクして、下の口にも突っ込みたくなるだろうが」

香久山の揶揄に、柊の眼前が真っ赤に染まる。

できるなら今すぐにでも、口の中のこの肉塊を咬み切ってやりたい。

「いいのか。早くしないと、看護師が飛んでくるぜ」

柊は暴発しそうになる激情をギリギリの所で押し殺し、香久山のものを口で扱き始めた。

それは山科とは比べ物にならないぐらいの太さと硬度を保っており、焼け付くような熱さで脈打っている。おそらく嗜虐と支配を好む極道の血が、この状況に興奮しているのだろう。

だが、果たして間に合うのか。

「うんっ……ん、…んっ…」

柊が懸命に奉仕する横で、再び電話が鳴った。という事は、まだ看護師は呼びにはこない。

でも、今度こそ、本当に電話に出ないと——

「ヤクザの厚意だ。ありがたく受け取れ」

言うが早いか、香久山の両手が柊の頭をガシリとつかんだ。

そして、仁王立ちのまま、前後に激しく揺すり始める。

その度に、ジュプジュプと濡れた音が辺りに響き、口内の容積が一段と増した。

「んっ…あうっ、…うっ、んっ…」

喉の奥を何度も乱暴に突かれる衝撃に、意識が朦朧とし、涙が頬に散る。

口の中に苦み走った味が広がり、柊は到達が近い事を知る。

だが、吐精を飲み込んだその口で、果たして喋られるのかどうか…——その時だった。

ズルッと勢いよく怒張が引き抜かれた。

と思う間もなく、柊の顔面にピシャリと熱い飛沫が飛び散る。

その感触に驚いて目を開けると、頭上で含み笑う香久山の顔が映った。

「いいのか。出なくて。切れちまうぞ」

ブルッと躰が震えた。

柊は怒りもあらわに術衣で顔を拭うと、膝立ちのまま机ににじり寄った。

そして急いで電話に手を伸ばす。

「はいっ、藍原です。………すみません。……わかりました」

答える柊の背後で、くぐもった笑い声が聞こえた。

受話器を握る柊の手が色を亡くし、小刻みに震える。

あげく、拭い損ねた白濁が頬を伝い、柊の屈辱をさらに煽った。

「…っ。……いえ、何でもありません。すぐに行きます」

だが、柊にとって何より屈辱だったのは、この行為にわずかでも感じて、熱くなってしまった自身の躰だった。

受話器を投げつけるように戻し、背後を振り返る。

だが、そこにはすでに香久山の姿はなく。

パタンと閉じられるドアの音に、柊はきつく唇を噛みしめた。

◆

この世には、純粋な善意など存在しない。

そう割り切ってしまうと、いっそ気持ちは楽だった。

それに金の代価に性的な奉仕を強いられるぐらい、今さらどうという事もない。

下手に信用していたせいで、須藤の時は山科同様、裏切られたショックが大きかった。

だが、ヤクザの香久山には始めから信頼など寄せていなかったし、見返りを強要される前に覚悟を決めてかかったので、受けるダメージは最小限で済んだ。

それでも回診の後、香久山のものを口で咥えさせられるのは、やっぱり屈辱で。

人払いはしてあるが、ドアの向こうには警備の組員達も立っている。

大きな声を上げれば聞こえるだろうし、ドアを開ければ、隔てるのはパーテーション一枚だ。

それにベッドを起こしているせいで、頭を上下させる度に、柊がどんな表情で行為に及んでいるのかを、香久山につぶさに見られるのも嫌だった。

「…ん……んっ…ん、あっ…」

香久山の大きな手が、柊の頭を髪ごとつかむ。

どんなに喉の奥まで呑み込んで懸命に奉仕しても、香久山はそれだけでは到達しない。

最後にはこうやって、柊を性具のように荒々しく揺すって、口の中に放つのだ。

だが、柊が身構えた途端、つかんだ髪をグイッと引っ張り、香久山は自身を引き抜いた。

それに驚いて目を開けると、唾液に濡れて黒々と光る、淫猥な雄の肉塊が視界に入った。

そのおぞましさに、柊がブルッと震える。

香久山が突き放したように言った。

「これだけじゃ、物足りん」

柊は濡れた口元を手の甲で拭いながら立ち上がり、咎めるような目で男を見つめた。

「では、どうしろと？」

個室とはいえ、真っ昼間から病室でこんな事をするだけでも、充分非常識だ。

なのに、怪我人相手に、これ以上どんな奉仕をしろと言うのか――

「やっぱり男なら、オンナを泣かせて、なんぼのもんだろう」

そう言ってニッと笑った途端、香久山は柊の腕をつかんで、自分の方へ引き寄せた。

「あっ、何……やっ、くぅっ！」

あげく態勢を崩し、ベッドに手を突いて斜めになった柊の股間を、いきなり握る。

そのせいで、眼前に火花が散り、全身が総毛立った。

「やっぱりな」

揶揄の声に、柊の頬がカッと熱くなる。

「オンナがこんなにしてるのに、放っておく訳にはいかねぇだろうが」

くっ…と喉を鳴らして、柊は唇を噛んだ。

言い返してやりたいが、香久山の手の中のものは、かすかだが確実に性的な反応を示している。

「そんなに旨かったか…俺のコレが」

間近で訊きながら、やわやわと手を蠢かせてくる香久山が憎らしい。

人の口の中には性感帯があり、特に柊は上顎の裏側を擦られるのに弱い。口淫の最中にそこを刺激しないようにと注意しても、香久山の雄は柊の口にあまるほどの勃起を見せるので、結局は無意味だ。それに、職場で淫らな行為に及ぶ背徳感が、柊の性感を否応なしに高める。

だから柊は、院内での行為をあれほど嫌ったのだ。

「――――脱げ」

「なっ…」

「それとも、このまま下着を濡らして、淫らなイキ顔を晒すか？」

卑猥な挑発に、怒りと羞恥が募る。だが、柊に拒む選択肢はない。

あるのはただ、いかにこの時間を早く、無難にやりすごすか、だけだ。

「…脱ぎます。だから、放して下さい」

震える手で、悪さをする香久山の腕をつかみ、言う。

香久山はニヤリと口端を上げただけで、あっさり手を放した。

柊は躰を起こすと、その場で後ろを向き、ズボンと下着を下ろした。

その背に「全部だ」と声がかかる。

柊は黙って靴を脱ぎ、足から下衣をすべて取り去った。そうすれば衣服を汚す事も、皺になる事もない。心の中でそう言い訳をして振り向くと、香久山が眉根を寄せた。

「何をしてる。全部だと言ったろう」

「…っ！　そんな…っ」

「そんなもこんなもあるか。それとも、白衣に精液を撒き散らすのが趣味なのか」

柊は絶句し、倒れそうになった。

だが、香久山は腕を組み、そんな柊を平然と見つめている。

その中で、わなわなと震える柊の手が白衣のボタンを探り当て、一つ…二つと外していく。

ネクタイを緩め、ワイシャツを脱ぎ――――そして柊はとうとう全裸になった。

その姿に、香久山が好色そうに微笑む。

「細身に見えるが、脱げばなかなかいい躰してるじゃねぇか。女にはない色気がある」

舐めるような男の視線に、くらり…と目眩がする。

院内でまさかこんな姿を晒す事になるとは思いもしなかった。

山科も、さすがにここまでは求めてこなかったのに。

「――ベッドに乗って、俺を跨げ。しゃぶってやる」

だが、香久山の要求は、柊の思考の範疇を、はるかに越えていて。

「いつも自分がしてる事だろう。今さら何を驚く」

「…で……できません」

首を振り、かろうじて言う声が掠れる。

負けてなるものかと拳を握りしめても、立っているのが精一杯だった。

その腕を香久山がグッと引き寄せる。

「できない？　嘘だろう。ココはできるって、言ってるぜ」

「あ、くっ…ぅ…」

香久山の指が、柊の屹立をピンと弾く。それは本人の意志に反して、すでにしっかりと勃起しており、今の刺激に恥ずかしげもなく揺れて、先走りを滲ませた。

「借りは躰で返す。そう望んだのは、おまえじゃなかったのか」

反論を許さないゾクリとするような低い声音に、柊は改めて思い知る。

自分が取引をしたのは、極道中の極道だったのだと。

柊は息を詰め、香久山がこちらを凝視する中、無言でベッドの上に乗り上げた。

そして言われた通り、腹を跨ぐように膝立ちになる。

だが、香久山はそれで満足せず、「もっと前に来て、腰を突き出せ」となおも冷酷に命令する。

羞恥と屈辱で気が遠くなる。それでも柊は、自分のそれを舐めてもらう為に、ベッドのヘッドボードにつかまり、躰を斜めに倒した。

「あんまり使ってないようだな。きれいなもんだ」

「っ…」

何を見てそう言っているのかは歴然だった。

謂われのない中傷に、思わず背けた視線を戻し、柊はビクリと固まった。

香久山が躰を下方へずらし、手を添え、今まさに柊の屹立に舌を絡めようとしていたからだ。

「んっ、あぁっ」

舌先でざらりと先端を舐められ、そのまま熱い口内に呑み込まれて、ズクンと下腹が疼いた。

と思う間もなく、容赦のない舌技が始まる。搾り取られるように吸われたかと思うと、痛いほど甘咬みされ、先端の孔をグリグリと刺激されて、柊は否応なく感じさせられていく。

あげく、強すぎる快感に腰が引けると、香久山は柊の尻をつかんで引き戻した。

それが嫌で再び逃げ腰になり、また引き戻されて…を繰り返したのちに、香久山は柊の尻の狭間に指を潜り込ませてきた。しかも軟膏か何かを塗りつけたのか、指は滑るように入口を探し当て、そこの襞をヌルヌルとまさぐってくる。

「やっ、そん…なっ、やめ…、んあっ」

ツプッ…と指先を埋め込まれた衝撃に、柊の腰が前に跳ねる。

そのせいで、柊は自身を香久山の口腔に突き入れてしまう格好になり、ハッとして腰を引いた。

そして今度は後孔の奥深くへ、男の指を迎え入れてしまう。

しかも香久山は指を小刻みにくねらせて、柊の内部を探ってくるのだ。

「ん、やっ…あっ…あ…っ」

前に後ろに、逃げ場のない刺激を同時に与えられ、目の眩むような快感が何度も躰を突き抜ける。

柊はあられもなく身悶えながら、香久山に懇願した。

「…ゆ…び……抜いて…っ…下…い」

でないと、声を殺す事ができず、外の組員に気づかれてしまうかもしれない。

だが、香久山は口を放し、指の動きは止めたが、それを引き抜いてはくれない。

「だったら、自分で腰振ってみな」

「…えっ」

「もたもたしてると、結局気づかれるぜ。それでもいいのか」

「そんな…っ」

「心配するな。あまさず飲んでやる」

その言葉に、柊はブルッと腰を震わせた。

どっちにしろ、早く自分が達かなければ解放もされないし、気づかれる危険性も増すのだ。

喉がコクリと鳴った。

柊は再び香久山の口の中へ自身を突き入れると、ゆっくりと抽挿を開始した。

それに合わせて、香久山は尻をつかんで柊の動きをサポートする。

「…っ…んっ…んっ…」

柊は忙しなく前後に腰を揺すりながら、迫り上がってくる愉悦に必死で声を噛み殺した。

だが、不安定な体勢の為か、なかなか到達には至らない。

「そんな腰つきじゃあ、達くどころか、女も抱けねぇぜ……柊先生」

カッとして下を向くと、香久山は濡れて光る柊の屹立に、ねっとりと舌を這わせながら、こちらを見上げていた。

その猥雑な眼差しに、ザワッと肌が粟立ち、柊の内部が男の指を喰いしめた。

「んっ、あぁっ」

そこをすかさず咥え込まれ、前後に揺すられ、あげく指で内壁を掻き回される。

もう拒んでいる余裕はなかった。

襲ってくる射精感に、柊は一気に限界まで連れていかれ、弾けた。

「う、んっ…んぅ、くっ…――っ！」

ヘッドボードをぎっちりと握り、背中をしならせて、ビクビクと腰を痙攣させる。

かろうじて噛み殺した叫声のせいで一瞬意識が飛び、柊は芯を失った人形のように力尽き、ヘッドボードから手を放した。そして、香久山の胸の上にくずおれかけ――ハッと躰を強張らせる。

――いけない。まだ傷がっ…。

だが、さすがに脱力した躰を支える事はできず、柊はへたる腰を咄嗟に後方へずらした。

だが、そのせいで尻の狭間を、あるものに擦りつけてしまう。

「…あっ」

カーッと赤面する柊に、香久山が含み笑いを洩らす。

「ほぅ…。ずいぶん積極的だな。やっぱり指じゃ物足りなかったのか」

「ち……違…」

「だったら、期待には答えねぇとな」

言うが早いか、香久山は柊の腰をすくい上げると、己の猛る熱で串刺しにした。

「な、何っ…ぁうっ、あ――っ…」

ある程度慣らされていたとはいえ、嵩のある先端をいきなり突き立てられてはたまらない。

柊は耐え切れず、顎を反らし、悲鳴を上げた。

それが聞こえたのだろう。ドアが慌ただしくノックされた。

「組長っ、どうかしましたか？」

わずかにドアが開けられて、組員の声が聞こえた。

柊はつかまった香久山の肩に爪を食い込ませて、息を詰める。香久山が平然と返答した。

「何でもない。呼ぶまで声はかけるな」

「……はい。わかりました」

パーテーションで陰になっているとはいえ、病室の中の異様な雰囲気を微妙に察知したのか、組員はやや間を置いて答え、ドアを閉めた。

その音に柊は深く息を吐き、じっとりと汗ばむ躰を弛緩させる。

だが、それを狙っていたのか、香久山はさらに柊の腰を引き寄せて、根元まで咥え込ませた。

「んっ、ああっ！」

ズンと奥深くまで穿たれ、目の前がまっ白になる。

きっと今の声も聞こえたに違いない。そう思うと、身の縮むような思いがした。

「狭いな」

なのに香久山は満足げな声で、感想を口にする。

それが何に対する感想なのか、理解してにらみつけた柊の唇に、スッと男の指が触れた。

「この口もイイが、やっぱりこっちの方が、断然美味い」

淫靡な仕草で唇を撫でる手を、柊は思い切り叩き落とした。

「こんな…っ…ここまでするのは、躰に良くありません。傷に障りますっ」

「怒鳴ると、中がきゅうきゅういって良く締まる。なかなかイイぜ」

「なっ…」

「恥ずかしいからって、そんなに噛みつくな」

「誰が恥ずかし…あっ、やめっ…」

いきなり中心を握られ、柊は息を詰めた。いつの間に勃ち上がっていたのか、柊の分身はやわやわと揉み込んでくる男の手の動きに応えて、透明な雫まで溢れさせている。

「イイんだろう？　俺の太くて硬いものを咥え込んだだけで、もう涎が垂れてるぜ」

違うときっぱり言い返す事ができず、それでも柊は香久山の腕をつかんで、首を横に振った。

「本当は、これで突いて、突きまくって欲しいんじゃねぇのか」

「や、あぁっ」

下からグッと強く突き上げられて、脳髄が快感に痺れる。

そのせいで、男のものを食む内壁が悦楽に収斂し、香久山の手の中のものもヒクリと震えた。

「そんなにイイか」

もう否定はできそうにない。

「でも…駄目…です」

「ああ？　ここまで濡らしといて、まだ言うのか」

屹立を荒々しく扱かれて、柊は襲う快感に身悶えながらも首を振る。

「そう…じゃなく…、香久山…さんが動いては…駄目だ…と…」

息も絶え絶えに言う言葉に、香久山の眉根が寄せられ、そして口元に淫らな笑みが浮かぶ。

「だったら、センセイが動いてくれるんだな？　患者の負担にならない体位…って奴で」

答える代わりに、柊は香久山の肩につかまって、じわじわと腰を浮かせた。そして、抜けるぎりぎりの所で、また腰を沈めていく。だが、けして全体重を香久山にかける事はしない。

中腰で男のものを抜き差しする生々しさに、柊はしだいに朦朧としてくる。

自分が今、どこでどんな淫らな行為に耽っているのかすら分からなくなり、身の内に迫り上がってくる悦楽の波に溺れてしまいそうになる。

「いい眺めだ。もっと乱れて見せろ。そうだ…もっといやらしく腰を振れ」

それを香久山の揶揄が現実に引き戻す。

「や…あっ、言わない…で…っ…」

髪を振り乱しながらも、もう腰の動きは止められない。

感じすぎて内襞に力が入り、そこをまた擦り上げて、快感はより強く濃密になっていく。

それを感じ取ったのか、香久山が柊の腰をつかんで荒々しく突き上げてきた。

だが、もはや香久山を制止する余裕は微塵もない。

「――出すぞ」

劣情に掠れる男の声が、柊の性感中枢を激しく刺激する。

「あ、あ、…あ――っ！」

躰の奥深くで香久山が爆ぜた。と同時に、柊もまた白濁を腹に散らす。

ふっ…と意識が遠のいた。

その片隅で、もしや今の声が洩れ聞こえやしなかったかと思うのを最後に、柊は香久山の脇に倒れ込むようにして、本当に気を失った。

◆

「いや～、まいるなぁ。彼の抜けた穴は大きいねぇ、藍原先生」

医局でカルテの整理をしていると、背後から戸田がぼやきながら近づいてきた。

その言葉に一瞬、作業の手が止まったが、柊は平静を装って戸田を振り返った。

「何かお手伝いできる事があればしますので、いつでも言って下さい」

戸田は「いやいや、そういう意味じゃないよ」と頭を掻きながら、側の丸椅子に腰を落とす。

例の夜から、もう一週間が経っていた。

須藤はあの日の翌朝から、ぱったり出勤してこなくなった。心配した戸田が何度電話をしてもつながらず、何か事件にでも巻き込まれたのではないかと周囲は心配したが、さすがに事の真相を明かす訳にはいかない。そのうちに林外科部長宛てに須藤から一身上の都合によりと辞職願いが送られてきて、その心配はなくなったが、今度は逆に非難や中傷が聞かれるようになった。

特に面倒を見ていた戸田は困惑しきりで、頭を抱えていた。

「腕は良かったけど、ノリの軽い奴だったからなぁ。やっぱり、単なる気まぐれ退職って奴なのかな。それとも、もっと待遇のいい病院にヘッドハンティング…とか」

コーヒーを片手に嘆息する戸田に、柊は「どうでしょうね」としか答えられない。

確かに須藤が自分にした事は許せないが、辞職の判断は正しかったと認めざるをえない。

香久山はその辺のチンピラではない。きっぱり縁を切って正解だったのだ。

「林部長はいるかね」

その声に、柊はハッとして医局の入口に目を向けた。

「院長？　どうされたんですか。珍しいですね」

そこには白衣姿の山科が立っており、戸田と柊の姿を認めて、こちらに歩み寄ってくる。

「いや…ついでがあったのでね。寄ってみたんだが」

「ついさっきまでは外来で一緒だったんですけど、あいにくここには…。呼び出しをかけますか」

「いや…いい。別に急ぎではないんだ。ただ、例の須藤くんから、先ほど謝罪の電話が入ってね」

「えっ、須藤くんから電話が？」

身を乗り出す戸田の横で、柊はギクリとして息を詰めた。

須藤は自分と山科との関係を知っている。

それをネタに柊を強請ってきた彼が、今さら山科に、何を――

「彼は今、シカゴに戻っているようだ」

「シカゴに!?」

声を大きくする戸田に、柊も思わず目を見開く。

「何があったのかは詳しく言わなかったが、どうやらホームシックにかかったらしい」

「ホームシック…って、そんな理由で…」

「ああ。なので戸田先生も、自分に落ち度があったのではと、あまり気に病まないように。彼の事は私の人選ミスでもあるし、林部長とも相談して早急に後任を探すつもりだ」

山科の言葉に、戸田はすっかり脱力している。だが、柊は腹立たしさを通り越して、須藤の見切りの良さに心の中で感心し、そして後悔した。

いくらヤクザとはいえ、国外に出れば、よほどの事がない限り手を伸ばしてくる事はないだろう。

本来なら、そうまでしても関わりを持ちたくないと思うのが、香久山という男だ。

なのに必然とはいえ、柊は自ら進んで深く関わってしまった。

なまじヤクザに対する耐性があった為に、高を括っていた自分が馬鹿だったのだ。

柊はこの数日で、それを嫌というほど痛感していた。

「――柊…。今夜、食事でもどうかね」

間近で山科の声がして、柊はギョッとして顔を上げた。

こんな所で何を言い出すのか…と思ったが、見ればすでに戸田の姿はなく、周囲に人影もない。

だからと言って、今までは医局で直接約束を取り付けるような事はしなかったのに。

「すみません、今夜もちょっと…予定が」

恐縮げに答えた途端、山科の眉根が険しげに寄せられた。

院内での行為を拒否し、つい先日も誘いを断ったので、何か不審に思っているのだろう。

今までは、ほとんど山科に言われるがままに従ってきたのだから当然だ。

だが、今夜も仕事が終わったら病室へ来るようにと、香久山に厳命されているのだ。

初めて抱かれたあの回診の時、柊はさんざんな醜態を晒した。ほんの数分とはいえ気を失い、着替えをしようにも腰が立たず、しばらくあのまま香久山の病室で休まねばならなかったほどだ。

それ以来、香久山は柊を夜に呼びつけるようになっていた。

「そうか…。仕方ない。だったら、明日は空けなさい。いいね」

山科はあっさり引き下がる代わりに、有無を言わさない約束を柊に突きつけた。

これではもう、嫌とは言えない。

無理にでも言えば、納得できるような理由を、根掘り葉掘り訊かれるに違いない。

「…はい。わかりました」

柊が答えると、山科はようやく表情を和らげる。

「いや、須藤くんの件でも、今外科は大変だからな。あまり無理はさせたくないんだが」

そう言いつつも、山科は「じゃあ明日、いつもの所で」と駄目押しをして、踵を返す。

その背中を見送って、柊は静かに嘆息した。

山科との関係は、借金さえ完済すれば、どうにか解消する事ができるかもしれない。

だが、香久山とは金の見返りに肉体関係を結んだといっても、いつまでこうして抱かれていればいいのか、もしくは須藤に支払った額の金を返せば、そこで関係が終わるのか、何も分からない。

ただ分かるのは、香久山が柊の躰を気に入ったのだという事だけだ。

「ほら、もっとケツ上げな」

「でも…あっ」

「口答えなどするな。どうせ無駄だ」

剥き出しの尻をピシャリと叩かれ、柊は四つ這いの姿勢でシーツを握りしめる。

そして、羞恥でどうにかなってしまいそうな中、香久山に向かってじりじりと腰を突き出した。

香久山はあの日以来、こうして毎日のように柊を抱く。不自由な入院生活の憂さ晴らしに、女の代わりにして、次々と淫らな行為を強要し、楽しんでいるのだ。

しかも今夜は、明日来れない事を承諾する代わりに、ことさら卑猥な体位を要求してきた。

香久山のものを口に咥えながら、自分の秘部も口で愛撫してもらう格好だ。

「んっ…ぅ、やっ…あぁ…っ」

尻を高々と掲げ、香久山の眼前にすべてを晒しただけでも羞恥で目が眩みそうなのに、両手で狭間を左右に割られ、そこを舌で舐められるのだから、たまらない。

柊は口に咥えていたものを思わず離し、太股を引きつらせて喘いだ。

「何だ。嫌がるわりに、ここはもうヒクヒクいってるぜ」

揶揄するように言って、香久山は再び舌を這わせると、わざとらしく濡れた音を立てて襞口を舐める。その度に痺れるような快感が走り、柊の屹立が先走りを垂らして揺れた。

「咥えろ」

容赦なく言う香久山に、柊は舌を突き出して目の前の怒張を舐め上げ、口に含む。

男のものはすでに完勃ちに近い状態で、柊は歯を立てないよう慎重に奉仕する。

噛んだりしたら、その倍以上の責め苦を与えられるに違いないからだ。

だが、それが気に食わないのか、香久山は柊の口腔に己のものをグイッと深く突き入れてくる。

「明日は休みたいんだろう。だったら、今夜は二晩分、楽しませろ」

違う。明日は明日で山科に抱かれるのだ。それも久しぶりのセックスとあって、山科も激しく求めてくるだろう。休む暇など、きっとない。

だが、そんな事を香久山に言えるはずもなく。

「…でも…無茶は禁物…です。治りかけが一番…危ない」

せいぜいが口を離して、そう忠告するだけだ。すると香久山は薄く笑って。

「そう言うと思って、今日はイイモノを用意してやった」

「…えっ」

何を…と言葉にできぬまま、柊は硬直する。

自分の足の間から見える香久山の手には、いつの間にかピンク色のローターが握られていた。

「そんなものっ…どこで…っ」

柊は青ざめ、躰を起こそうとして、香久山に再び尻を叩かれる。

「ウブな真似などしなくていい。どこの誰に仕込まれたのかは知らねぇけどな、こんなに慣れた躰をしてるくせに、試した事がないなんて言わせないぜ」

冷酷に言いながら、香久山はコントローラーのスイッチをカチリと入れた。

途端に、ブーン…という低いモーター音が病室内に響く。

「あっ…やだっ…や、んあぁっ…」

唾液に濡らされた尻の狭間を振動するローターが滑り、うっすら色づいている窪みに到達する。

それだけでもむず痒い疼きと、異物に対するおののきで全身が総毛立つのに、香久山は円を描くように入口を嬲り、さらに柊を身悶えさせた。

「や、やめっ…く、ぅぅっ…」

山科はこういう玩具を一切使わなかった。だからローターなど柊には初めての体験で、しかもこれ以上はないというぐらい恥ずかしい体位で使われるのだから、気が遠くなるのも無理はない。

だが、柊が最も恥辱を感じるのは、コレをいったい誰が用意してきたのか、と言う事だ。

回診時に行為を強要されるのなら、まだどうにかごまかす事もできただろう。

だが、毎夜呼びつけられるようになってからは、柊が病室を訪れると、今井達組員は黙って会釈をして部屋から出ていくのだ。しかも矢田などはうっすら頬を染めて、柊を見ようともしない。

これから病室で何が繰り広げられるのか、周知の事実になってしまったのだ。

なのに、それに輪をかけて、こんなモノを用意させるなんて。

「ほら、もう真っ赤だぜ。まるで挿れてくれって、せがんでるみたいだな」

「違…ああっ！」

「違う？　こんなにすんなり呑み込んでくのにか」

せせら笑う男の声と共に、クプッ…と濡れた音がしてローターが埋没する。

そのまま指で押されると、柊の意志に反して躰はそれを奥へ奥へと迎え入れていくのだ。

それが嫌で柊は腰を振り、尻の筋肉をひきつらせて抵抗するが、それはただ男の目を楽しませるだけの痴態にしかすぎない。

「やっ…、そん…なっ……抜い…て、んあっ…」

振動する異物で内壁を押し広げられる感触に、肌がゾクゾクと粟立つ。

柊は香久山の下腹に顔を擦りつけ、犬が服従するような格好で喘ぎ続けた。

なのに香久山はそれを悠然と見つめ、世間話をするような口調で言う。

「そういえば、須藤って医者……アメリカに行っちまったんだってな。それを聞いて、もしかしたら俺は、野暮な真似をしたんじゃねぇのか…って思ったんだが、どうなんだ」

訊かれても、こんな状態で答えられる訳がない。それに質問の意味も、分からなかった。

「う、ああっ！」

躰内の異物の蠕動が急に強まり、柊は背中をしならせ硬直した。

香久山がコントローラーのダイヤルを回したのだ。

躰の奥が、熱くて焦れったくて黙っていられなくて、神経が焼き切れそうになっていく。

「俺にこんな風に弄ばれるぐらいなら、あいつの方がまだマシだったかもしれないぜ。何せ俺は…おまえが大嫌いなヤクザだからな」

香久山の指がダイヤルを強に回した。

「ひぃぃっ！　…やっ…ああっ……」

躰を強張らせる柊の屹立から、ドロリと白濁が溢れる。

強引に射精を強いられて、目の前がまっ白になった。

柊はそのまま横に崩れ落ち、躰をビクビクと痙攣させた。

それを認めて、香久山はフッ…と満足げに笑うと、ダイヤルを弱にして上体を起こす。

「でも、とりあえず、躰の方は大歓迎してるみたいだし、満更でもないようだな」

そして、脱力した柊の躰を後ろから引き寄せると、尻を掲げ足を割って、その間に腰を進める。

目の前には、ピンク色のコードを垂らした窄まりが、赤く潤んで誘うように震えていた。

香久山はそこに己の猛ったものをあてがうと、嬲るように先走りを塗りつけた。

「本当はこういうのが好きなんだろう？　素直に言ってみろよ」

先端が襞口を押し開いて、わずかにめり込む。

「…っ、あっ、ん…っ」

達ったばかりの躰は鋭敏すぎて、たったそれだけの刺激にも蕩けるような快感を生んだ。

しかも躰の奥底では、それを煽るようにローターが振動している。

――まさか……このまま、突き入れて…？

「ったく、素直なのは、下の口だけだな」

「や、待っ……う、ああっ！」

灼熱のように熱く硬いものが、ズンッと押し込まれる。

その衝撃に、柊はシーツを握りしめ、渇いた悲鳴を上げた。

今まで抉られた事のない奥深くをローターに犯されながら、男の抜き差しが始まる。

「ひっ…っ、あぅ…っ、あっ、あっ…」

「…イイぞ。よく締まる」

嘲笑するように言いながら、香久山は尻の肉を大きな手で鷲づかみにした。

そして淫猥な腰使いで責め立てる。

「や、あっ…あぁっ…」

躰の中を思うさま出入りするものに強引に引きずられ、感じさせられて、柊は再び勃起した。

と思う間もなく、躰が悦楽を貪るように、無意識に男根を喰いしめ、蠢く。

己の躰の浅ましさに、頭がおかしくなりそうだった。

「中で出してやる。こぼさず飲め」

残酷な宣言と共に、抽挿が荒々しさを増す。

もう逃れられない――柊はきつく目を閉じ、唇を噛んだ。

食いついたら、骨の髄までしゃぶるのがヤクザだ。

彼らが獲物を手放すのは、何も得るものがなくなった時。

それまで自分はこの香久山と山科に、延々と苛まれ、貪られ続けるのだ。

「んっ…く、あっ…あ――っ…」

男の放つ熱い毒に犯され、柊は絶望にも似た畏怖を感じながら、悦楽の淵に堕ちていく。

悪夢だと思った。

悪夢ならいつか覚めると、そう思いたかった。


懐かしい匂いがした。それは柊の鼻孔をくすぐり、意識を覚醒させる。

薄明かりの中、まだ夢うつつで瞼を開けると、ぼんやりとした視界の先に、誰かが煙草を吸っている姿が目に入った。

その姿に、柊の胸が切なく軋む。

――…父…さん…。

ごくたまに、父は煙草を吸う事があった。

その姿には近寄りがたいものがあって、いつも柊は息を潜めて父を見つめていたものだ。

孤独と自負と責任と。男が独りで背負い込まねばならないものは、あまりにも多い。

今思えば、どこにもやり場のない気持ちを、紫煙と一緒に吐き出していたのだろうか。

「起きたのか」

その声に、頭の中で何かがパチンと弾けた。

たゆたっていた意識が、煙草を片手にこちらを向く男の姿に、一気に現実に引き戻される。

「おまえも吸うか」

香久山はブラインドを下ろした窓際で椅子に座りながら、吸いかけの煙草を差し出した。

「…いり……っ…」

いりませんと言う声が掠れて、柊はゴホゴホと咳き込んだ。喉がすっかり嗄れていた。

その様子に、香久山は苦笑しながら煙草を灰皿に押しつけ、立ち上がる。

「煙草より、何か飲むものの方が良さそうだな」

香久山は冷蔵庫から水を取り出すと、ベッド際まで歩いてきて、柊にそれを差し出した。

この男に何かしてもらうのは不本意だったが、背に腹は替えられない。柊はベッドからゆっくり起き上がると、水のボトルを受け取り、キャップを外してゴクゴクと飲み干した。

それを香久山は傍らに立ち、じっと見ている。

こんな男に、父の面影を映し見てしまった自分が腹立たしい。

しかも、院内は全館禁煙のはずだ。

冷たい水が喉を流れていく度、クリアになる思考に、ふつふつと怒りが込み上げてくる。

だが、次の瞬間、柊は別の意味で絶句した。

「…どうして…服を…っ？」

躰内に玩具を入れられた激しい交合の後、柊はそのまま意識を失った。

なのに、どうして今、自分はシャツもズボンも身につけているのか。

何の痕跡もないきれいなシーツの上に、寝ているのか。

「なかなか目を覚まさないし、そのままにしておく訳にもいかなかったんでな。始末させた」

柊の疑問に、香久山はいともあっさり返答する。

始末させたって、いったい誰に、何を、どうやって――そう訊くのは愚問というものだ。

返ってくる答えはあまりにも明白で、柊は香久山に痴態を晒す恥辱とはまた別の、いたたまれない屈辱感に赤面し、手の中のボトルを握り潰した。

こんな所に、もう一秒たりともいたくない。

柊はボトルを床に投げ捨てると、無言でベッドから降り立ち、まっすぐ出口を目指そうとした。

「あっ…」

だが、踏み出した足はそのままガクリとくずおれ、柊の躰は差し出された男の腕に、かろうじて支えられてしまう。

「無理をするな。もう少し休んでいけ」

そう言って、香久山はこちらを見ようともしない柊をベッドに座らせた。

そして、深く嘆息する。

「――そんなに、俺達の事が嫌いか」

頭上に降ってきた問い掛けに、柊はキッと顔を上げた。

そして、香久山を見据えると、きっぱり肯定する。

「ええ。嫌いです。好きな人間がいるとでも、思ってるんですか」

香久山の目がスゥッ…と細くすがめられた。

それは怒りを孕んだ獣の目のように、見つめる者を腹の底から震え上がらせる。

だが、柊は目を逸らさなかった。

以前、同じような押し問答をした時、香久山は「だったら惚れさせるまでだな」とうそぶいた。

もしまた同じ事を口にしたら、今度こそ真っ向から罵ってやろうと思った。

なのに。

「確かに、そんな奇特な人間は、そうそういねぇだろうな」

香久山はおかしそうにそう言うと、先刻座っていた椅子に腰掛け、シガレットケースに手を伸ばした。そして新しい煙草を取り出し、いかにも高級そうなライターで火を点ける。

「でも、偏見なく相手をしてくれる人間もいる。ごくたまに…だがな」

フーッと煙を吐き、こちらを見る香久山の視線に、柊の胸が軋み、戦意が失われる。

男の言葉に、また父の面影が過ぎったからだ。

「おまえ、親はどうしてる？　元気でいるのか」

あげく、唐突にそう訊かれて、柊はますます面食らった。

めったに思い出す事もなくなっていた父の事を、なぜこんな場面で口にしなくてはならないのか。

だが、ろくに躰を動かせない今、ここから逃げ出す事も、香久山を無視し続ける事も難しい。

「……いいえ。両親共に亡くなりました」

あきらめたように嘆息し、答える柊に、香久山の片眉が訝しげに撥ねた。

「亡くなった？　まだそんな歳じゃないだろうに」

「母は妹を生んですぐに…。父は八年前に過労で倒れて、そのままあっけなく」

「過労？　って事は働きすぎか？　まぁ、息子のおまえを見ていると、父親の仕事熱心さも偲ばれる。そうか…残念な事をしたな…。俺も十代で親父を亡くした。少しは気持ちが分かる」

そう言って紫煙を吐き出す男の横顔に、柊はこの男にも親がいたのかと、目を見張った。

たとえヤクザでも、親がいない人間はいない。

だが、香久山には今までそういった匂いが皆無で、ひどく意外な気がしたのだ。

「どうして…亡くなられたんですか」

だからつい訊いてしまった。

だが、香久山は別段気を悪くもせず、「抗争事件だ」と当然のように答える。

「親父は俺が十五の時に、目の前で斬られて死んだ。即死だった。俺達の世界は、こんな風に寝ても醒めても生きるか死ぬかの争いばかりだ。いつの世も変わりはない。あんたら医者には、無駄に命を粗末にする、馬鹿者どもにしか見えないだろうがな」

自嘲するように言う香久山に、柊は言葉をなくした。

目の前で父親を殺され、その躰が冷たくなっていくのを、平然と見ていられる子供はまずいないだろう。香久山とて、好きで極道の家に生まれた訳ではないはずだ。

そういう血みどろの修羅場を幾つもくぐり抜けてきて、今の香久山があるに違いない。

悲惨さは違えど、柊自身もまたそうであったように。

「おまえ……どうして医者になったんだ」

思わぬ事を聞かされて呆然としていた為、柊は香久山の問い掛けに弾かれたように顔を上げた。

そして、ついさっき噛みついていたのが嘘のように、語ってしまう。

「妹の病気を治してやりたかったんです。それに父も医者でしたから…。あ、でも、医者といっても内科医だったので、先天性の心臓病を患っていた妹の手術はできなかったんです。だから、私は外科医になろうと思って…」

そこまで言って、柊は香久山が黙って煙草を揉み消すのを認めて、ハッと口を噤んだ。

「すみません。こんな話…」

殊勝に謝る柊に、香久山は苦笑しながら立ち上がると、側に歩み寄ってきた。

「別に。俺もその外科医の手で、命を救われた一人だからな。興味がなくもない。でも…」

そして、香久山を見上げる柊の顎を、つと持ち上げる。

「今、興味があるのは、こっちだな」

「えっ…、んうっ…」

訝しむ間もなく、唇を塞がれた。

しかもあまりに唐突でうろたえている間に、歯列を割って舌まで差し込まれてしまう。

敏感な上顎をザラリと舐められて、背筋が妖しくざわめいた。

たったそれだけで、躰の奥底で鎮まっていた悦楽の熾火が煽られそうになる。

それが嫌で柊が両手で香久山の胸を押すと、意外にも唇はあっさり放された。

だが、顎をつかむ手はそのままで、香久山は間近で意味ありげに笑う。

「明日は休みなんだろう?」

カッと頭に血が上った。

信じられない。今の今まで真剣に話をしていたのに、この人はっ…——

「仕事が休みな訳じゃありません。もう放して下さい」

「どうせ立てないんだ。観念しな」

「なっ…」

「おとなしくしねぇと、今度はバイブをぶち込むぞ」

本気を滲ませた脅しに、さすがの柊も押し黙る。

この男がやると言ったら、本当にやり兼ねない気がしたからだ。

だが、そんな柊に香久山はクッと喉を鳴らして「安心しろ。今のは嘘だ」と耳元で囁いた。

「ただ少し…後戯ってのを楽しみたいだけだ」

「後…戯?」

「知らねぇのか。前戯の逆だ。セックスの後に、こうやって余韻を楽しむ」

香久山の手が、柊の後頭部に滑り、そこをやんわりと揉む。

そうされながら耳朶を甘咬みされると、躰が心地よく痺れて、歯向かう気力が急激に萎えていく。

「いつも終わった後は慌ただしく出ていくだろう。たまにはいいじゃねぇか……な? 柊先生」

ねだるような男の声に、柊の唇が拒絶の言葉を飲み込み、そして震えた。

◆

「どうしたの、お兄さん、ボーッとして。何度、声をかけても返事がないから、寝てるのかと思ったわ」

背後から聞こえてきためぐみの声に、柊はハッとして見つめていた紙片をカーディガンのポケットに突っ込んだ。そして、慌てて振り返る。

「あっ…ごめん。ちょっと考え事をしてたんだ。夕飯はできたのかい」

「ええ。久しぶりに一緒に食べられると思って、腕を振るったのよ」

そう言いながら嬉しそうに笑うめぐみは、心臓病を患い、骨のように細かったかつての面影はどこにもない。

栗色の柔らかな髪に、血色の良い顔。最近は写真の中の母に、良く似てきている。

「それは楽しみだな。めぐみの手料理は意外に美味しいから」

「もう、意外は余計よ、お兄さん」

むくれて見せるめぐみに、柊は声を立てて笑いながら、「じゃあ、支度を手伝うよ」と言って椅子から立ち上がった。

その弾みに、ポケットの中で、それがカサリ…と音を立てる。

――別に、慌てて隠すようなものでもなかったのに…。

そうは思っても、今さらめぐみのいる所で取り出して、机の上に置いていく事もできず、柊はかすかな居心地の悪さを感じつつ、そのまま自室を後にした。


香久山が退院して、早くも十日がすぎた。

香久山は退院前日まで、毎夜飽きる事なく柊を抱き続けた。

だが、退院の当日、一枚の名刺を柊に渡したきり、香久山からの連絡はふつりと途絶えていた。

名刺には当然の如く、組長に相応しく重々しい肩書きが幾つも綴られている。

そして、その裏には手書きで携帯のナンバーが記されていた。

『何かあったら、いつでも連絡してこい。いいな』

名刺を手渡した時、香久山は柊にそう耳打ちをすると、後は「世話になったな」とだけ言い残して、舎弟達をぞろりと従えて病院を出ていった。病院前には黒塗りのリムジンやベンツが何台も連なり、外来に訪れる患者達は皆恐れをなしていた。

だが、その様子にホッと胸を撫で下ろしたのは、病院の関係者達だ。担当医だった柊には、良くやってくれたと多くの労いの言葉がかけられて、柊を複雑な心境にさせた。

たとえ退院しても、自分に対する香久山の執着がぴたりと止むとは考えにくかったからだ。

だが、予想に反して、香久山からの接触は皆無だった。

退院して一週間後の通院日にも、香久山は姿を現さなかった。

現場復帰したヤクザの組長が、多忙を押して通院してくるはずもないし、それほど自身の身を案じているのならば、はなから無謀な真似などしないだろう。

でも、だったら香久山は、なぜ自分に名刺を渡していったのか。

医者と患者の関係ではなくなっても、私的に連絡を取るつもりだったから、そうしたのではないのか――

「どう？　美味しい？」

めぐみの問い掛けに、柊はまたハッとして我に返った。

せっかく久しぶりに食卓を一緒に囲んだのに、こんな風だとまためぐみに心配をかけてしまう。

それでなくてもこのところ帰宅の遅かった柊を、ずっと案じていたというのに。

「ああ。美味しいよ。思わず夢中で食べてしまっていた」

「ええ～？　そこまで言うと、ちょっと大袈裟じゃない？　本当かなぁ」

そう言いつつも、めぐみも満更ではないらしい。

食卓にずらりと並んだのは柊の好物ばかりで、味気ない外食とは段違いで本当に美味かった。

「そうそう、なかなか言う機会がなかったんだけど、お兄さんの帰りが遅い間ね、山科先生から度々電話があったのよ」

「えっ、院長から？」

ドキンと心臓が鳴った。

そんな話は山科から一度も聞いていない。それに何の用があって、わざわざ自宅になど…。

いつもは携帯にかけてくる事がほとんどだったのに。

「最近お兄さんの顔色が優れないので、何かあったんだろうかって、心配されてたわ」

「そ…そうなんだ」

「お兄さんから、難しい患者さんの担当医になったから、それで帰りも遅くなるって聞いていたし、山科先生にもそう答えておいたけど…。でも、そんなだったら、めぐみちゃんも一人で心細いんじゃないのかい、女の子一人だったら物騒だろう…って心配して下さって」

まさか山科は、香久山と自分の関係に気づいたのだろうか。

いや、そんなはずはない。香久山と関係していた間、山科に抱かれたのは、あの一回きりだ。

それに、山科に操立てをしなければならない義務はないのだし、もしかしたら香久山とはこのまま縁が切れるかもしれないのだ。今さらびくつく必要もない。

「山科先生って本当に優しくて、いい方よね」

「ああ…。そうだな」

にっこりと笑うめぐみに、柊も無理に笑顔を作ってうなずく。

そうする事で、滞っていた気持ちが切り替わっていくような気がした。

おそらく須藤に渡した金は、香久山にとっては端金だったのだろう。

それを口実に柊をいいように弄んだのも、窮屈な入院生活の憂さ晴らしにすぎなかったのだ。

香久山ほどの男なら、退院すれば女には不自由しないはずだ。もしかしたら、男もだ。

なのに、名刺を渡されたぐらいで、関係が続くものと恐れてばかりいた自分が、どうかしていたのかもしれない。

「めぐみ。おかわりしていいか」

「もちろん。何杯でもOKよ」

何も憂える必要はない。これで縁が切れたのなら、幸いだったのだ。

これからは、いつもの日常が戻ってくるだけ——

柊はめぐみに茶碗を渡すと、その手でカーディガンのポケットに触れる。

そして、胸にくすぶる不安ごと、それを握り潰した。

◆

月が改まるのと同時に、病棟も患者が入れ替わる事が多い。

整形や外科も先月末は入退院が激しく、病棟の雰囲気も様変わりしていた。

特別個室には政界のお偉方が相次いで入院し、香久山の事を口にする者ももういない。

すでに退院してから三週間がすぎようとしているのだから、それも当然だろう。

外科には須藤の後釜として、佐々木《ささき》という温厚そうな外科医が入った。

こうして柊の日常は以前同様に淡々とすぎていき、香久山の記憶は薄れるばかりだった。


いつもは先にシャワーを浴びる山科が、珍しくベッドサイドでのんびりと酒を飲んでいる。

ならば自分が先に…と、柊が気だるい躰を起こすと、山科がこちらを振り向いた。

「今夜は泊まっていきなさい」

その言葉に、柊は目を見張る。

どんなに遅い時間帯にホテルで会っても、朝まで同衾した事など一度もなかったからだ。

「今夜は家内も旅行に出ていてね、留守なんだ。ここも一泊のつもりで取ってある」

柊の疑問に答えるように、山科は鷹揚な態度でそう言った。

だが、柊にその気はない。いつもは山科が先にホテルを出るので仕方なく部屋に残っているが、一刻も早く帰宅したいと言うのが柊の変わらない本音だからだ。

「いえ…。お気持ちはありがたいのですが、めぐみも待っていますので」

無難な言い訳をして、柊はバスローブを手に立ち上がる。

その腕を山科がガシリとつかんだ。

「たまにはいいだろう。めぐみちゃんも、もうすぐ二十歳じゃないか」

「でも…あっ、やめっ…」

つかまれた腕をそのまま引かれて、柊の躰がベッドに沈む。

そこをすかさず上から押さえ込まれ、下腹をまさぐられた。

情交の後も生々しいシーツの上で肌を重ねて愛撫されれば、慣れた躰に火が点かない訳はない。

それでも、覚悟していた以上にしつこく迫られるのが嫌で、柊は懸命に抗った。

「嫌です、院長…っ。放して…下さいっ」

めぐみの事など放って置いて泊まっていけという男の、どこが優しいというのか。

柊は酒臭い息を吐いて、唇を重ねてこようとする山科を、本気でにらみつけた。

だが、山科は一瞬驚いたように目を見張った後、好色そうな笑みを浮かべた。

「……いい目だ。ぞくぞくするね」

そうして、きつく噛みしめられた柊の唇には口づけず、柔らかな首筋に顔を埋めた。

「嫌…あっ、く…っ」

チリッと焼けつくような痛みが走る。山科の舌が、赤く鬱血した皮膚を満足そうに舐めた。

外科医はオペの前後で、着替えに肌を晒す事が多い。

なので、山科は今までほとんど跡をつけた事がない。なのに、なぜ――

「柊。おまえには、拒む権利などないだろう……忘れたのかね」

耳に吹き込まれる、甘やかな脅しに、柊の背筋がゾクリと震えた。

それが嫌で目を閉じ、躰を強張らせるが、それがまた山科の征服欲を煽るのだという事に、柊は気づかない。

「だったら…すぐに思い出させてやる」

ベッドが二人分の重みに、ギシリと軋む。

それが淫靡なリズムを繰り出すまで、そう時間はかからなかった。

柊は寝息を立て始めた山科を置いて、一人部屋を後にした。

そして人気のないゆったりとした廊下を、エレベーターホールに向かって進む。

いつも利用するこのホテルは、都内でも有数のホテルで、山科は必ずエグゼクティブフロアのツインルームをリザーブする。その辺の場末のホテルなどは、一度も利用した事がない。

それに連日はおろか、週に二度も三度も求めてくる事はなかったし、不埒な行為や淫らな玩具を無理やり強いる事もなかった。

今夜の横暴な振る舞いなど、香久山に比べれば、横暴のうちにも入らない。

そこまで考えて柊は息を詰め、エレベーターホールの前で立ち止まった。

――どうかしてる。こんな事を、あの人と比較するなんて…。

すべてが今まで通りの日常に戻っただけなのだ。

なのに、柊の気持ちだけがどうしても元には戻らない。

あれだけ毛嫌いしていたヤクザときれいに縁が切れたのだから、安堵していいはずなのに、心の片隅に何かが抜け落ちてしまったような喪失感があるのだ。

クールな風貌で、一見淡々としているように見える柊だが、その皮膚の下には誰より熱いものを隠し持っている。思えば香久山には、いつもそれを剥き出しにして接していたような気がする。

だが今は、身の内のどこを探しても、その熱が見当たらない。

心が躰ごと冷え切っているような気がするのだ。

柊はエレベーターのタッチパネルに手を伸ばし、ボタンに触れた手で、スーツの胸元をそっと押さえた。そこには、握り潰した後、捨てようとして捨て切れなかった名刺が、名刺入れの中に収まっている。

この三週間、柊は何度もそれを取り出しては逡巡し、結局名刺入れに戻した。

自分がなぜ、そんな事をするのか、いまだに良くわからない。ただ、それを手にして、裏面に書かれた癖のある字を見る度に、失われた熱が少しだけ戻ってくるような…そんな気がした。


エレベーターが一階に到着し、ロビーに降り立った柊は、フロントを素通りして出口を目指した。

時刻はもうすぐ零時になろうとしていたが、金曜の夜とあって、ロビーのラウンジにはまだかなり人影があった。何か大きなパーティでもあったのか、華やかなドレス姿の女性やセミフォーマルなスーツを着こなした男性達も多く見受けられる。

それを横目に歩いていくと、大理石の大きな柱の陰に、華やかさとは一転したサングラスにダークスーツの男が立っているのが目に入り、柊は思わず足を止めた。

その不自然さに、サングラスの男が柊に、つと視線を向ける。

背中がヒヤリとした。男は気配を殺しているが、見るからにその筋の人間だ。

まずい。因縁でもつけられたら面倒だ――そう思って、柊が足を踏み出そうとした瞬間、男は姿勢を正し、こちらに向かってきっちりと頭を下げた。

そして、サングラスを外しながら、つかつかと歩み寄ってくる。

「お久しぶりです、藍原先生。その節は大変お世話になりました」

目の前でもう一度低頭する男は、香久山組若中の今井だった。柊は驚きのあまり、何と返答していいのか分からず、「いえ…」とだけ言って会釈をし、ハッと息を詰めた。

――もしかして、今井さんがここにいるという事は…。

そう思うのと同時に、背後から一段と人目を惹く集団が近づいて来た。

一見して羽振りの良い財界人達に、鮮やかなドレスを纏ったコンパニオンの女性達は談笑しながら柊達の方に歩いてくる。

その中に、両腕に華やかな美人を携えた、香久山の姿があった。

香久山は、恰幅の良い堂々たる年配者達の間にあっても見劣りするどころか、男盛りに差し掛かった者が持つ強烈な存在感を放ち、他を圧倒すらしている。

いかにも高級そうな三つ揃いのスーツを嫌味なく着こなし、女が放ってはおかないような野性的な雄の匂いを撒き散らして歩いてくる姿は、柊のよく知る…だが、初めて見る香久山の姿だ。

柊はその場に立ち尽くし、呆然と香久山を見つめた。

その視線に気づいたのだろう。香久山の目がこちらに向けられる。

ドキンと心臓が鳴った。と同時に、なぜだか、早く立ち去らねばという切迫感が柊を襲った。

だが、柊の足は香久山の視線に串刺しにされたように動かない。

そうするうちにも、香久山は残念そうにすがる女の手を解き、周囲の面々に挨拶をして一人でこちらに歩み寄ってきた。そして、フッ…と不敵な笑みを浮かべる。

「久しぶりだな。元気にしていたか」

その声に、柊は呪縛から解き放たれたように我に返った。そして、精一杯毅然として見せる。

「お陰様で…。香久山さんの方こそ、検診にも見えず、躰は大丈夫でしたか」

「ああ。もうこの通りだ。大事ない」

「そうですか。それは何よりです。では、急ぎますので…」

淡々と言って、柊は踵を返そうとした。

その腕が「待てよ」の一言で、グイッと引き寄せられる。

「こんな所で会うなんて、奇遇じゃねぇか。どうだ…久しぶりに」

耳元で意味深に囁かれた途端、背筋がゾクッと震えた。しかも間近の香久山からは、女の甘い香水の香りに混じり、成熟した男の持つ官能的な匂いがして、思わずクラリとしてしまう。

「結構です」

それが嫌で即答するが、香久山は腕を放さない。

「つれない事を言うなよ。俺と、おまえの…仲じゃねぇか」

「放して下さい」

「相変わらず威勢がいいな。その怒鳴り声が恋しかったぜ」

「こんな所で何を言い出すんですか」

「じゃあ、こんな所じゃない所へ行くか」

どこまでが本気で、どこまでが冗談なのか、分からない。だが、香久山のもう片方の手が柊の腰に回された途端、その感触に総毛立った躰が、反射的に動いた。

「放せと言ってるのが、分からないんですか！」

香久山の頬で、パシッと乾いた音がした。

ラウンジにいた人々が、その怒声に柊達を振り返り、今井の気配が殺気を帯びた。

柊のかつてない本気の拒絶に、香久山の顔から表情が消え、怜悧な眼差しだけが残る。

「……今井」

「はっ」

「上に部屋を取れ。ダブルだ」

柊から視線を外さずそう命令すると、今井は「わかりました」と低頭し、フロントへ向かう。

その意味に、柊の顔が怒気に染まった。

「なっ…何を考えてるんですか。私は帰ります！」

嫌だ。山科に抱かれた直後に、香久山にも抱かれるなんて、絶対に。

だが、柊の腕を捕らえた手は、先刻とはまるで違う、背を向ける事すら敵わない剛腕で。

「待てと言ったろう」

震え上がるような凄みのある声音に、冷え切っていた心と躰が燃え立つように熱くなった。

だがそれは、血がたぎる程度の半端な熱さではなく。

何もかもを焼き尽くす、紅蓮の炎のように、柊の身の内を焦がす。

「おまえに選択肢はねぇんだよ……柊先生」

柊の唇が色をなくすほどきつく噛みしめられた。

強引に連れ込まれた部屋は、山科が泊まっている部屋と同じエグゼクティブフロアだった。
山科はもう寝入っているだろうし、万が一にもばったり顔を合わせるという事はないだろうが、
同じフロアにいるというだけで、柊には激しい抵抗感があった。

しかも部屋はツインではなく、ダブルだ。厚顔無恥にもほどがある。

あげく突き飛ばされたキングサイズのベッドの傍らには、今井が控えるように立っているのだ。

今井は病室での情事を知っているにもかかわらず黙認し、柊にはずっと丁重な態度で接してくれていたが、いくら何でもこんな場面に同席されるのはたまらない。

「気でも狂ったんですか、香久山さん!?」

バウンドするベッドの上で、すぐさま起き上がり、柊が噛みつく。ロビーや廊下で、あれ以上騒ぎを起こすのが嫌で必死に耐えたが、そのせいで柊の怒りは倍増していた。

だが、香久山はバサリとスーツの上着を脱ぐと、ベスト姿でベッドの上へ乗ってくる。

そして、後ずさる柊の躰を組み敷くと、真上から脅しをかけてきた。

「おとなしくしねぇと、このまま抱くぜ。何なら今井にも参加させてもいい。それも一興だ」

恥知らずな言葉に、柊の手が再び香久山の頬に飛んだ。

だが、その手は難なく香久山に受け止められ、逆に柊の頬で平手が炸裂する。

「う、あっ…っ」

目から火花が散った。

「これで、あいこだな」

ニヤリと笑う男の顔が、ぶれて見える。

手加減はしたようだが、それでも抵抗力を奪うには充分すぎる衝撃で、柊は瞬く間にスーツの上着を脱がされ、解かれたネクタイで両手を頭上で縛られ、自由を奪われてしまった。

そして、拾い上げた上着を今井が当然のようにハンガーに掛けている横で、香久山は柊のワイシャツをはだけ——そして、目をカッと見開いた。

「今井。もういい。出てろ」

「……わかりました」

香久山の唐突な命令にも、今井は少しも動じず、軽く会釈をして部屋から出て行く。

その態度に、組長の命令はいかなる場面においても、たとえそれが理不尽極まりないものだとしても、絶対服従なのだという事を実感する。

きっと、ここで柊を犯せと命令されたら、今井は躊躇なくそれを実行するだろう。

柊は戻ってきた視界の中、真上から射抜くような目でにらみつけてくる香久山という男に、改めて戦慄を覚えた。

「まさかあいつが、アメリカから戻ってきてるのか」

「…え？」

「あの須藤とかいう医者に、また脅されてるのかと訊いてるんだ」

香久山が突然どうしてこんな事を尋ねてくるのか、分からない。

今さら、なぜこんな場面で、須藤の名前が持ち出されるのかも。

「違います」

「――だったら、恋人がいるのか」

ズキリと心臓が痛んだ。香久山の鋭い目が何を詰問しているのか、柊はようやく理解する。

香久山は、柊の首筋や胸につけられた、赤い痕跡の理由を尋ねているのだ。

「……答える義務は…ないと思いますが」

掠れそうになる声を抑えて答えると、香久山は「何…?」と言って、眉尻を震わせた。

柊は香久山から顔を背け、歯噛みしたい気持ちを必死で堪える。よりによって山科に抱かれた後で、しかも、めったにつけない跡まで残された時に、なぜ香久山に遭遇してしまったのか。

激しい嫌悪が込み上げる。一晩のうちに二人の男に組み敷かれる抵抗感は、香久山にそれを知られてしまった事でさらに強くなり、柊を打ちのめした。

「すみませんが……日を改めて下さい」

絞り出すように言って、柊は香久山に向き直った。

「今さら、逃げも隠れもしません。でも、どこの誰が抱いたかも分からない躰を抱くのは、あなただって嫌でしょう。だから…」

「誰にものを言っている」

自虐的に言う柊の言葉を、香久山がばっさり斬って捨てる。

そして燃えるような目で柊を見つめると、その顎をガシリとつかんだ。

「――言ったはずだ。俺はおまえに…惚れていると」

「なっ…う、んんっ」

噛みつくように口づけられた。そして舌を絡め取られて、きつく吸われる。

怒りをそのまま注ぎ込むようなキスは、まるで見えない男の影に嫉妬しているようなキスにも感じられて、柊はクラリと目眩を覚えた。

それが嫌で、柊が舌を噛んで拒絶しようとした寸前、塞がれたのと同様、唐突に唇が放された。

「…こっ……こんな時に、冗談はよして下さい！」

噎せ込みながら叫ぶと、香久山はいつものようにニヤリと口端を上げて言う。

「冗談なんかじゃない。それをこれからじっくり教えてやる。……覚悟しな」

だが、その目はけして笑ってはおらず、柊はベルトに手を伸ばしてくる香久山に、ブルッと大きく身震いをした。

あり得ない――行きつ戻りつする快感の波に、柊は何度も身悶えながら、そう思う。

香久山が自分に本気で惚れているなんて、あまりにも馬鹿げている。

確かに香久山は柊の事を気に入ってはいただろう。言葉の綾で「惚れる」という言葉も口にした事はある。だがそれは、院内でオンナの代わりをさせるのに、たまたま都合のいい相手だったからにすぎない。

でなければ、どうして退院後、連絡の一つもしてこなかったのか。今夜、偶然にホテルで鉢合わせをしなければ、ずっとこのまま顔を合わせる事などなかったのではないのか。

「あとは、ここか」

「…っ。ぅ…あっ」

だが、香久山は何かに取り憑かれたようにして、柊の肌に残る鬱血の跡を払拭するべくきつく吸い上げ、さらに鮮やかな痕跡に塗り替えていく。

そうして香久山は両手を拘束し、ワイシャツ一枚に剥いた柊の全身にくまなく舌を這わせた。

そして、自らも衣服を脱ぎ捨て、全裸になり、再び柊に覆い被さってくる。

「あっ…やめっ…」

足を大きく割られ、すでに勃起してしまっているものを晒され、しかもそのまま膝裏をすくい上げられて、柊の羞恥は一気に跳ね上がる。

「何度、ここに突っ込まれた？　何度、達かされた？」

しかも、秘部を凝視されながら、そんな事を訊かれるのだ。

いくらシャワーを浴びてきた後だとは言え、さんざんいたぶられたそこは、おそらく微熱を持つほど赤く爛れているに違いない。それをあからさまに口にしながら、香久山は柊を嬲ってくる。

「まるで、柘榴のように真っ赤だな…。良く熟れて、美味そうだ」

言いながら、ねっとりとそこを舐められただけで、ビクンと腰が撥ねた。

指で襞をこじ開けられて、じわり…と疼くような愉悦が躰内から沁み出してくる。

気持ちは激しく拒否しているのに、それをあっさり裏切る浅ましい躰が恨めしい。

「直前まで、男を咥え込んでたとは思えないほど、狭いな」

「しないで…下さ……っ、そんな…あぁっ」

突き入れた指で内部をグリッと抉られて、襲う鋭い快感に柊の腰が逃げる。

それを強引に引き戻して、香久山はなおも乱暴に柊の内壁をまさぐった。

「どうしてだ。他の男にはさせたんだろう」

責め立てるように言って、香久山はわざとピチャピチャと音を立てながら指を出し入れする。

その度に、濡れて擦れた襞が物欲しげに震えて香久山に絡みつく。

「嫌…っ、やめ…てっ…や、あ…ぁっ…」

「嫌だ嫌だ言いながら、何だ、これは？　きゅうきゅう言って締めつけてくるぜ。これなら三本ぐらい、一気にいけるんじゃねぇのか」

「ひっ…駄目…っ、ああっ」

いきなり圧迫感が増した。その衝撃に柊は躰をしならせ、震える。

見れば、すでに完勃ちになっている柊の先端からも、蜜のような先走りが溢れて伝い、淡い茂みをべったりと濡らしていた。それは突き入れた三本の指を付け根まで飲み込ませ、熟れた粘膜をばらばらに掻き回してやると、さらに量を増して溢れ出し、幹を伝った。

あげく柊の口からは、堪えても堪えきれない喘ぎがひっきりなしに洩れ、その全身は深い愉悦を感じている証拠に、うっすら汗ばんで朱に染まっている。

淫靡なその光景に、香久山の目がカッと燃えた。

「クソッ……犯り殺してやる」

押し殺すような声と共に、指がズルリと引き抜かれ、柊は、あっと息を詰まらせ、目を開けた。

視界に、柊の両足を抱え上げ、覆い被さってくる香久山の肉体が映る。

広くたくましい肩に、隆起した胸筋。その左胸には柊が縫合した傷痕が、まだ生々しく残っている。そして、その下には脇腹の――

「うっ、ぁあ――っ！」

熱い肉塊がひたりと押し当てられたかと思う間もなく、香久山は一気に腰を進めてきた。

ずぶずぶと穿たれる衝撃に、頭上で拘束された柊の手が、きつく握り締められた。

悲鳴を上げるだけで、息も満足に吸えない柊の唇を、荒々しく塞ぎ、蹂躙する。

そうしておいて、香久山は抽挿を開始した。それは病室の時とは比べものにならないほど激しく情熱的な突き上げで、腰が柊の尻に打ちつけられる度、乾いた淫猥な音が室内に響いた。

「んっ…んっ…んん…っ」

下の口と上の口を熱い肉に犯される苦痛に、涙が目尻を濡らす。

だが、それも何度も襲ってくる大きな快楽のうねりに、すぐに飲み込まれてしまう。

「ん、やっ、あああ――っ！」

香久山の躰の下、柊は硬直して、白濁を放った。

と同時に、香久山もまた柊の躰内にドクッと精を吐き出す。

互いの荒い吐息が交錯する中、柊の躰が絶頂の余韻に痙攣する。

「…どうだ？　前の男よりも、悦かったか」

耳朶をざらりと舐め上げ、恥ずかしげもなく訊いてくる男に、柊はカッとして目を開けた。

そして朦朧とする中、香久山をにらみつけようとして、間近に目をすがめた男の顔を見つける。

「…柊」

掠れ声で呼ばれて、なぜだか胸が甘く疼いた。

考えたら、名前だけで呼ばれたのは初めてだった。

そして、そう気づいた途端、男を押し包んでいる内襞がキュウッと収斂した。

そのせいで吐精したにも関わらず、香久山のものがまだ充分な硬度を保っている事を知り、柊の躰が再び催促するかのようにざわめく。

「…っ」

きっと知られた。柊は目を閉じ、躰を萎縮させた。

自分の躰のはしたなさを、またなじられると思ったからだ。

「せがむほど…そんなに悦かったのか……柊」

だが、香久山の苦笑混じりの声は、揶揄というにはほど遠く。

「違、んっ…やっ…あぁっ」

有無を言わさぬ抜き差しが再開された。

だが、今度は先刻のような性急さは微塵もなく、香久山は腰を緩く回す淫猥な腰つきで柊を責めてくる。そして、柊の手を縛めているネクタイを解き、痺れてしまった腕を自分の首に回させ、柊の膝をすくい上げるようにして躰を倒してきた。

そのせいで、互いの腹に柊の屹立が挟まれ、香久山が揺すり上げる度に擦られた。

「んぁっ…やっ…香久…んっ…」

「…柊…」

自分を呼ぶ掠れ声に…情欲に揺れる熱い眼差しに、心が躰ごと揺さぶられそうになる。

でも、駄目だ。

香久山はただ、飽きて捨てた玩具が他人の手に渡ったと思ったら、惜しくなっただけなのだ。

男の独占欲や性的な矜持を、満足させたいだけ――そうに違いない。

だから、ヤクザの言う事など、けして信じてはいけない。

「――俺のものになれ……柊」

なのに、抜き差しのピッチを上げながら、吐息に混ぜて囁かれる声は、あまりにも真剣で。

柊は男の背にしがみつきながら、何度も騙されまいと首を振った。

どんなに躰が悦楽に籠絡されても、心だけは渡さないと。

「あっ…ん、やっ…あっ、やあぁっ…」

再び高みがやってくる。

それが今夜、何度目の絶頂なのか…これから先、どこまで続くのか。

柊にはもう何も考えられなかった。

◆

それからというもの、香久山は以前が嘘のように、度々柊に電話をしてくるようになった。

とは言っても、院内では携帯を切っているし、わざわざ病院に電話してきても、柊はことごとくそれを無視した。

だが、そんな事で引き下がる香久山ではない。

電話に応じないと見るや、今度は病院の前に黒塗りのベンツを乗り付け、迎えにくるのだ。

例の事件からもうすぐ二ヵ月が経とうとしているが、香久山組ほどの組長ともなれば、日々多忙に違いない。なのにベンツの後部座席に座っているのは舎弟ではなく、いつも香久山本人で、これにはさすがの柊も辟易した。

「乗れ」

「……嫌ですと、昨日も、その前も言ったはずです」

「昨日は昨日だ。いいから、乗れ」

防弾加工を施したスモークガラスを下げ、香久山が重ねて言う。

香久山はどうやって知るのかは分からないが、柊の帰宅時間に合わせたようにやってくる。

いくら病院の夜間出口から少し離れているとは言え、関係者もまばらに通る路上だ。

こう毎晩迎えに来られては、たまったものではない。

それに、香久山はけして柊を強引に車内へ引っ張り込もうとはしないのだ。

「今日も嫌ですと…そう言ったら、どうするつもりですか」

憮然として尋ねる柊を見上げて、香久山は革のシートにゆったりと座りながら、ニッと笑う。

「無論、明日もまた来る」

香久山は、柊が自分の意志でついてくる事を望んでいるのだ。

もちろん、その先にあるものはセックスだ。

柊は深く嘆息する。

いっその事、以前のように金の代価に抱かせろと強要するか、拉致でもしてくれれば、すべてを香久山のせいにできるのに――ふと考えて、柊はハッとした。

そんな風に思ってしまった時点で、自分はもう負けているのだと気づいたからだ。

しかもたちの悪い事に、香久山は何もかも見透かしたような目で柊を見つめている。

「……わかりました。乗ります」

柊があきらめたように答えると、ドアがカチリと開いた。

中から香久山が促すように、手を差し伸べる。

柊はそれを無視して、自らシートに躰を滑り込ませ、ドアを閉めた。


そうして、香久山と柊の新たな関係が始まった。

香久山は柊が応じたのを機に、週に二度ほど時間とホテルを指定してくるようになった。

それも柊が当直の日や学会等がある時は、きちんと避けてくる。しかも、この間とは系列の違う別のホテルを指定してくるだけで、後は他に何も言わない。

柊を抱いた男に、嫉妬にも似た敵愾心をあれほど抱いていたにもかかわらずだ。

だから香久山は知ったのだろう。

柊が山科の愛人をしている事を。

身辺調査など、ヤクザには造作もない事だ。

だが、須藤のように脅迫された上での関係だと分かれば、香久山も黙ってはいまい。

おそらく香久山は、柊が自ら望んで山科に抱かれていると思ったのだ。

そして、それを認めた上で、柊に二股をかけさせようとしているに違いない。

——何が、俺のものになれ…だ。

心の中で毒づいて、柊はけだるさの中、シーツにうつ伏せたまま、薄目を開ける。

そして、ベッドサイドで煙草を吸う男の背中に目をやった。

そこには互いの躰を深く絡め合い、なのに牙を剥いて相手を威嚇する二匹の龍が描かれている。

それはまるで、つい先刻までのベッドの中の自分達のようだと考えて、柊は赤面しつつ、唇を噛んだ。

香久山が本気で自分に惚れていると言うのなら、手段を選ばず、山科から奪うぐらいの事はするだろう。それだけの力は充分に持っている男だ。なのにそうしないのは、所詮柊を手に入れるまでの手管――本気ではなかったという証拠だ。

「…気づいたか？　どうだ、吸うか」

柊の視線を感じて、香久山がゆったりとこちらを向く。

情交の余韻が滲む男の眼差しに、鼓動が速まる。

それを振り払うように、柊はいつもすげなく断る誘いにうなずいた。

「ええ、頂きます。それを下さい」

意外な顔をして吸いかけの煙草を差し出す香久山に、柊の溜飲が少しだけ下がる。

胸に吸い込んだ紫煙も、波立つ気持ちを和らげた。

別に自分は、香久山に奪って欲しい訳ではない。

ただ、けして甘言など信じるなと、自戒を新たにするだけだ。

「まだ、足りないらしいな」

声がして、香久山が立ち上がり、ベッドに歩み寄ってくる。

その意図を計りかねて一瞬怪訝な顔をしたが、柊はすぐに気づく。

うつ伏せている柊の裸体を、背中から尻へ、香久山が舐めるように見つめたからだ。

「誰もそんな事は言ってませんっ」

「いや…おまえの躰が言っている」

咄嗟に抵抗しようとしたが、煙草の火が…と、ひるんだのがいけなかった。

「あっ…やめっ…」

背中を押さえつけられ、香久山の手が尻の狭間に滑る。

指先で、まだ潤んでいる襞口をゆるりと撫でられただけで、ざわっと肌が粟立った。

「それに、俺もまだ……食い足りない」

耳朶を舐められ、夜の声で囁かれて、躰の芯に官能の火が点る。

こうなってしまっては、もうどうしようもない。

柊は煙草を取り上げ、改めてのし掛かってくる男の肉体に、ギュッと目を閉じた。

その耳に、あれ以来、一度も言われた事のない言葉がこだまする。

『――言ったはずだ。俺はおまえに…惚れていると』

それは何度振り払っても、忘れようとしても、耳にこびりついて離れない甘い響きで。

「どうした……何を考えている？」

背後からうなじにキスを落としつつ、香久山が尋ねてくる。

言える訳がない。

たとえ嘘でも、あんな風に熱っぽく告げられ、抱かれて達かされたのは初めてだったなんて。

「まぁ、いい。すぐに何も考えられなくしてやる」

答えない柊に焦れたのか、香久山がおもむろにその腰を持ち上げた。

そしていきり立つ自身のもので、柊の秘部をなぞるように刺激しながら、前に回した手でゆるゆると下腹をまさぐり始める。

それは病室で性具のように扱われた抱き方とはまるで違う、恋人を愛でるような愛撫で。

「やっ…そんな……駄目…あぁっ」

やめて欲しい。でないと、勘違いをしてしまいそうになる。

柊は襲いかかってくる甘い飢餓感に、どうにかして踏み留まろうと、乱れるシーツをきつく握りしめた。

◆

それは久しぶりに味わう、重い挫折だった。

「仕方ない。我々も全力を尽くしたんだ。家族の方々も、きっと理解してくれるだろう」

そう言って柊の肩を叩く林部長にしても、さすがに顔色は冴えない。

外科チームの総力を上げてでも、救えなかった命。

十時間に及ぶ難しい手術の末に、一人の患者が亡くなった。

もちろん、治療の甲斐なく亡くなっていく人の数は、この山科病院でも年間かなりの数に上る。

だが、手術後に体調が悪化して死亡するケースは多々あっても、術中に亡くなってしまう人は、意外に少ないのが現状だ。だからその分、執刀医の落胆や無力感は大きい。

執刀経験を積めば積むほどそういう経験も増え、次第に慣れていくものだと聞いてはいるが、柊はいまだに慣れる事ができない。

それは患者の家族に接する事で、さらに増大するのだ。

柊はすべてが片づいた後も、そのまままっすぐ帰宅する気にはなれず、一人で街へ繰り出した。

同僚の戸田と佐々木が誘ってくれたが、一緒に傷を嘗め合うのは逆効果な気がして断った。

だが、いざ街に出てみても、酒を飲む気にもあまりなれない。こんな事なら迷わず帰宅すれば良かったとも思ったが、今夜はめぐみも帰りが遅く、無人の部屋に一人ではいたくなかった。

柊は賑やかな通りをあてもなく歩いていた。

柊にも学生時代の友人は何人かいたが、山科と関係を持つようになってからは、どうしても後ろめたさが拭えず、すっかり疎遠になってしまっている。だから、こんな時に気軽に呼び出せる友人もいない。いるとすればそれは、シカゴでできた友人ぐらいのものだ。

そこまで考えて柊は急に立ち止まり、眉根を寄せた。

そして、不本意にも脳裏に浮かんでしまった男の面影を、追い払うように吐き捨てる。

「馬鹿な――…」

たぶん、いつにも増してナーバスになっていたせいだろう。だからつい…。

やっぱり、どこかで酒を飲もう――そう考えた途端だった。

背後から見慣れた黒塗りの車が、スーッと近づいてきて、柊の横で停まった。

そして、ウィンドウが静かに下りる。

「――柊」

耳慣れた低い声に、心臓が鷲づかみにされた。

柊の目が信じられないものでも見るように、大きく見開かれる。

たった今、追い払った面影が、なぜ現実のものとなって眼前に在るのか。

「…香久…山……さん」

呆然とする柊の声が、情けないほど震える。

どうして？　なぜ？　訊きたい事はたくさんあったが、何一つ言葉にならない。

それを見越したように、後部座席のドアがカチリと開いた。

「乗れ」

革張りのシートから身を乗り出し、有無を言わさぬ口調で香久山が命令する。

柊はそれを瞬きもせず見つめ、首を横に振った。

「今夜は……勘弁して…下さい」

こんな状態の時に香久山に抱かれたりしたら、自分がどうかなってしまいそうで怖い。

信じまいと思っている男の腕の中で、醜態など絶対に晒したくないのに。

「駄目だ。来い」

「あっ…」

強く腕を引かれて、柊の躰が後部座席に引きずり込まれる。

今まで無理強いをしなかった香久山が、どうして今夜に限って――

背後でバタンとドアが閉まる。

その音に、柊は香久山の膝の上にくずおれるようにしていた躰を慌てて立て直した。

「何だ。そのままサービスしてくれるんじゃねぇのか」

苦笑混じりに言われ、柊はキッと香久山をにらみつけた。

どうしてこの男は、他人がいようがいまいが関係なく露骨な言葉を口にするのか。

運転手が車をスタートさせる中、柊は唇を噛むと、香久山に背を向け、車窓に目をやった。

酒とセックスは、一時何もかも忘れるには最高の妙薬だ。

だから深く考えまい。

どうして香久山がこんな日に、絶妙のタイミングで現れたのか。もしかしたら、柊の弱みにつけ込む為に、尾行をつけていたのか――今はもう何も詮索したくなかった。

柊は隣で悠々と足を組んで座る男に、激しい憤りを感じつつ、半ば投げやりな気持ちで夜の街並みを見つめていた。


「ここ…は？」

てっきりいつものホテルに横付けされるのだろうと思っていた柊は、見慣れない日本家屋の佇まいに、怪訝な顔をした。もしかしたら今夜は趣向を変えて、料亭にでも連れ込むつもりだろうか。

「いいから、ついてこい」

だが、香久山は何の説明もなしに車を降りると、風情のある竹垣の奥へ足を進める。

まるでその後を追ってこいとばかりに、こちらを振り向きもしない香久山にムッとしたが、ここまで来た以上、一人で帰る訳にもいかない。

柊は車を降りると竹垣へ歩み寄り、ハッと立ち止まった。

竹垣の手前に『二代目彫滋《ほりしげ》』と達筆な筆字で書かれた看板が目に入ったからだ。

――二代目？　彫滋…って事は、まさかここは…。

「めったに見られるものじゃないからな。見学していけ」

柊の疑問に答えるように、香久山が玄関先でこちらを振り返っていた。

その姿を月光が煌々と照らし出す。

柊は目をすがめ、眩しそうに香久山を見ると、思い切って足を踏み出した。


趣のある純日本風の和室の中央には、純白のシーツが掛けられた布団が一組敷かれている。

その上には、惜しげもなく晒された、たくましい男の裸体がうつ伏せていた。

もちろん、腰から下は布で覆われたその背中には、目にも鮮やかな双龍の刺青が描かれている。

それを柊は少し離れた畳の上に正座し、憮然として見つめていた。

ここは香久山が通う、彫師の彫場だ。

柊は、まだ未完成だという香久山の刺青の施術に、強引に付き合わされたのだった。

正直ヤクザの命とも言われる刺青には、嫌悪感しか湧かない。

ただ、香久山の背中の龍はあまりにも見事で、柊も思わず感嘆させられてしまった。

それに柊も忘れていたが、香久山は以前「これが完成する所を見せてやる」と言った事がある。

きっと気まぐれにそれを思い出し、たまたま実行したのが今夜だったのだろう。

柊は横になったまま、何も喋らない男を前に、ひどく居心地の悪い思いをしていた。

床の間には意趣の凝らした掛け軸と生け花が飾られており、対面の壁に、施術用の機械や工具、資料棚などがずらりと並んでいなければ、高級料亭のお休み処と言ってもおかしくない部屋だ。

香久山は慣れているのだろうが、そんな所でいきなり全裸にならされては、目のやり場に困るというものだ。

「―――失礼します」

障子がスッと開いて、玄関で出迎えてくれた男とは違う人物が部屋に入ってきた。

藍の作務衣に短めの茶髪、それにピアスという成りが似合う、長身でやけに身綺麗な男だ。

歳は柊と同じか、少し下ぐらいだろうか。てっきり、年配の厳めしい人物が現れるのだと思っていた柊は正直驚き、懸念した。こんなに若くて、ヤクザ達に軽んじられないものだろうかと。

「初めまして。私、二代目彫滋を名乗らせて頂いております、京本《きょうもと》滋《しげる》と申します。本日は当スタジオにおいで下さいまして、ありがとうございます」

男はそう言って柊の前で正座し、深々と頭を下げると、名刺を差し出した。

柊は戸惑いつつも、礼儀としてそれを受け取り、きっちり挨拶を返す。

「こちらこそ、初めまして。藍原柊と申します」

だが、そんな二人を尻目に、香久山が怒鳴る。

「講釈はいいから、早く始めろ、滋」

えっ…と柊の目が香久山に向いた。だが、それは次の言葉に、京本へも向けられる。

「ったく、自分勝手言うなよ、皓一。予約なしで来るのはやめろって、いつも言ってるだろ」

呼び捨ての上にタメ口をきく二人に、柊は目を見張った。彼らはいったいどういう間柄なのか。

仮にも香久山は組長だ。なのに、こんな口のきき方をして。

「直前に電話はしただろうが。四の五の言うな」

「ったく。他の客の予約が入ってなかったからいいようなものの、もうゴリ押しはごめんだからな。でも、ま、いいか。今日は新規のお客さん付きだし」

ゴリ押し…その言葉に疑問を持つ間もなく、京本が新規の客たる柊に笑いかける。

だが、香久山はきっぱりそれを否定した。

「馬鹿言え。こいつはカタギだ」

「えっ、カタギ？　だったら、どうして…」

「見学に連れてきた。後学の為にな」

「後学…って、今時流行の洋彫りならいざ知らず、カタギの人間にヤクザがモンモン彫るところを見せて、何の勉強になるんだよ」

あきれ顔で言って、京本は突然「そうか」とひらめいたような表情をし、柊に向き直った。

そして、おもむろに小指を立てて見せる。

「──ねぇ……もしかして、藍原さんって、皓一のコレ？」

「ええっ…違います！」

思わず叫ぶ柊に、布団にうつ伏せている香久山がニヤリと笑った。

「滋。こいつはこう見えても、医者だ」

「えっ、医者？　って事は、まさか…この間の発砲事件の時の…」

「ええ。その時、香久山さんの担当医をしていた外科医です」

気を取り直してうなずく柊に、京本は驚きと落胆の入り交じったような顔をする。

「何だ。そうなんですか。皓一がくだけた口をきくから、俺はまたてっきり…。お医者さんだなんて、とてもそんな風には見えないなぁ。あ、ごめんなさい。悪い意味じゃないんだけど」

恐縮げにそう言って京本は、肩をすくめて見せた。

「いいえ。京本さんも、とてもそんな風には見えないですよ。彫師の先生って、もっと強面で年配の方かと思ってましたから、こんなに若い方だなんて驚きました」

そう言って微笑む柊に、京本は一瞬怪訝な顔をする。そして、グイッと身を乗り出して。

「藍原さん…もしかして俺の事、年下と思ってません？　これでも俺、こいつとタメなんですよ」

その言葉に、柊はもう一度、「ええっ」と大きい声を上げた。


香久山の父親の背中に刺青を彫ったのが京本の父親で、二人はその頃からの幼馴染みだったらしい。父親達は早くに亡くなってしまったが、双方がその跡を継いだ事もあって、親交は途切れず続いているのだと言う。京本は物心がついた頃には、和彫りの下絵を描き、針を握っていたという子供で、若い風貌に似合わず、彫師としての実績は関東でも指折りだと香久山は語った。

それが証拠に、香久山組は元より、この二代目彫滋に墨を入れて欲しいと、わざわざ遠方から通ってくるその筋の男も少なくはないらしい。

柊は京本の技術力の高さを目の当たりにして、素人ながらもその話に納得してしまった。

京本は香久山の左肩に描かれた青龍の背の上に、下絵も描かず曼珠沙華の花を彫っていく。

それも最近主流になってきたという機械彫りではなく、れっきとした手彫りだ。

だが、彫ると言っても、実際は束になった針で突く、と言った方が正しい。初めは輪郭を筋彫りで、次に色をボカシで入れていくのだが、その手際は実にリズミカルで鮮やかだ。

柊は引きこまれるようにして別世界の職人技に見入ってしまい、いつしか手術の事は記憶の片隅に追いやられていた。

しかも香久山が無言になり、額に玉の汗を浮かべている事にもしばらく気づかないほど。

「あの…やっぱり、相当痛いものなんですか」

気遣うように尋ねたが、香久山は答えない。

確かに痛くても、ヤクザが痛いと口にする訳がないだろう。

代わりに、膝立ちの姿勢で針をクックッ…と突きながら、京本が答える。

「もちろん、刺青は痛いのが当たり前ですからね。とくに腰骨や尾てい骨、前の方だと鎖骨の辺りが一番痛いかな。皓一でさえも、腰骨の筋彫りの時は、唸り声を上げてたほどだから」

「余計な事は言うな」

だが、ぴしゃりと言う香久山に、京本はフッと笑みを浮かべながら、言葉を続ける。

「痛みに個人差はあれど、やめてくれって悶絶する大の男もいれば、女だてらに泣き言一つ言わない人もいる。結局は墨の重みをどう捕らえるか…って事で、忍耐にも差が出るんですよ」

「墨の…重み?」

「そう。墨を入れる覚悟っていうのかな…。この刺青に何を誓うか…って事です」

京本の言葉に、柊はハッと息を詰める。

墨は極道の命――――以前、香久山が自分に言った言葉が、二匹の龍を前に、ずしりと柊にのし掛かってくるような気がした。

「実はこの双龍は、皓一の親父さんの背中に彫られた双龍と、全く同じ図柄なんです」

「えっ」

「滋」

制止するように言う香久山に、京本は「いいだろ」と軽くいなす。

「今夜でこの墨もようやく完成するんだ。せっかく同席してもらってるんだし、藍原さんにも記念に聞いてもらえば」

香久山の無言を諾と取ったのか、京本は針の手を休める事なく、再び口を開いた。

「双龍にも夫婦龍、兄弟龍と種類はあるけど、この二匹の龍は親子龍…父と息子なんですよ」

「父と息子…ですか」

「そう。昔から皓一の親父さんは、一人息子の皓一を人一倍可愛がっていたんです。でも、ヤクザの親分さんじゃあ、ろくに側にいてやる事も、気軽に連れ歩く事もできやしない。当時は、特にきな臭い事件も多かった頃で、危険極まりなかったですからね」

「だから、親子龍を…」

「ええ。でも、その親父さんも俺の父も、四十歳を前に死んでしまって…。だから、いつか俺の手で皓一の背中に、この親子龍をもう一度甦らせたいと、常々そう思ってたんです。まぁ、親父の神業のような技術力には、まだまだ到達してないんですけどね。でもそれまで、こいつに待っててもらう訳にもいかないし」

そう言って笑う京本の手元から生み出される真っ赤な曼珠沙華は、青龍と緑龍を鮮やかに際立たせる見事なもので、柊の目にはそれこそ神業のように見える。

柊はその花の血のような赤さに、ハッと息を詰めた。そして、ゆっくりと呟く。

「――供養の刺青……だったんですね。この双龍は…。だから、怪我をしたあの時、香久山さんは何よりもまず、刺青に傷がつかなかったかどうかを心配されて…」

柊の言葉に、うつ伏せている香久山が「ああ」と低く答えた。

「親父はこの龍もろとも、背中をばっさり斬られて死んだ。それを知った滋の親父さんが、葬式で号泣した姿を、俺は今でも忘れる事ができない」

「やめろよ、その話は。しめっぽくなるだろ」

「今さらだろう。話を振ったのはおまえじゃねぇか」

「そりゃ、そうだけどさ…」

そう言って黙り込む香久山と京本に、柊の胸が締めつけられる。

ヤクザの子と、彫師の子。互いに特殊な家庭環境の下に育っただけに、もしかしたらその絆は普通の友人よりも深いのかもしれない。

「何だか、少し……羨ましいですね」

柊が呟いた言葉をどうとったのか、香久山がたしなめるように言う。

「何を言ってる。おまえだって、同じだろうが」

「え…」

「おまえだって、父親と同じ医者の道を進んだんだろう。何を羨ましがる事がある」

ズキッと胸の奥が痛んだ。自分はこの二人のように、亡くなった父親の意志を受け継ぐという、強い信念の下に医者になった訳ではない。

ただ自分には存在しない、固い絆でつながり合っている二人が羨ましかっただけだ。

それに、医者になれたのも、山科のあくどい手管を拒み切れなかった…いや、自ら望んで受け入れた結果だ。香久山達とは比べるべくもない。

「いえ…私の場合は、香久山さん達とは事情が違うので…」

少し気後れしたように言うと、京本は「そうそう」としたり顔でうなずいた。

「カタギの人と俺らを一緒にしちゃ、藍原さんに失礼だよ、皓一」

「そんな…。そんな意味じゃ…ないんです」

ヤクザなど、裏でどれほどあこぎな事をしでかしているか、分かったものではない。

彫師とて、今でこそ日本が誇る芸術などと持てはやされているものの、まだまだヤクザに付随する裏家業の域は脱しない。世間に後ろ指をさされる事も少なくはないだろう。

だからこそ、親子の情愛や、心を許した者との人情を人一倍深く重んじるのかもしれない。

何年肌を合わせていても、何の情も湧かない、自分と山科の冷えた関係とは違って。

「よし。ここはこれでOKかな」

ふぅ…と息をついて、京本が針を持つ手で額を拭い、顔を上げた。

柊はハッとして、香久山の背中を見つめた。

そこには何輪もの赤い曼珠沙華が、鮮やかに花を咲かせていた。

しかも花の周りの肌は、うっすらと紅潮しており、所々に血が滲んでいる。

それを綿花でそっと押さえながら、京本は香久山の腰から下を覆っている布に手を伸ばした。

「水銀で朱を入れたから、少し熱を持つかもしれない。後は、こっちだな…」

バサリと布が剥がされ、香久山の下半身があらわにされる。

だが、思わずドキッとしてしまった柊とは裏腹に、香久山も京本も少しも動じる事はない。

「緑龍の足の下にも、何輪か花が入る。ちょうど…そうだな、この辺か」

そう言いながら京本は、香久山の腰から尻に向かって指をつぅ…っと滑らせた。

その所作に、なぜだが再び心臓が高鳴る。

どことなくそこに、淫靡なものを感じたからだ。

——馬鹿な…。墨を入れる部分が、肩から下半身に移っただけの事じゃないか。

だが、一度意識してしまうと、裸体に触れる京本の手の動きや、肌を凝視するその眼差しにまで、意味深なものを感じずにはいられない。針に突かれる度、ピクリと震える尻の肉や、部屋に立ち込める血の臭いと熱気に当てられ、柊の呼吸はしだいに速まっていく。

しかも、針先が肌に突き刺さり、そこからプクリ…と浮かび上がってくる血の玉は、まるで手術室の無影燈の下、メスを入れる瞬間にも似て、今日の出来事を柊に思い起こさせてしまう。

あげく、香久山の脇腹と太股には、貫通銃創の生々しい傷痕が残っている。

だが、今日の患者にはもっと大きな痛々しい傷痕が、残ってしまった。しかも——

「こんな…風に、躰を傷つけて…苦痛に喘いで、何が楽しいのかと……そう思っていました」

目は京本の手元に釘付けになりながら、柊がどこか呆然として言う。

その声に、香久山の眉根がピクリと撥ね、京本の手が止まった。

「でも…違う。刺青の針は、躰に絵画という、命を吹き込む針だった…。我々、医者が使う針とは、まるで違う…。醜い傷痕しか残せない針とは…」

「――おまえの針は、人の命を救う針だろうが」

柊の言葉をさえぎるように、香久山が言った。

その言葉に、柊の目が大きく見開き、唇が震えた。

まさか、香久山は、今日の事を知って……――

「でも……救えない命も…あります」

言葉にした途端、忘れていた無力感が柊を襲った。

その様子に、京本が「藍原さん」と身を乗り出しかけ、それを香久山が制して言う。

「人は死ぬ時が来たら、どんな事をしても死ぬ。それが、運命《さだめ》というものだ」

「でもっ…」

「柊。完成した刺青には、わざと一カ所だけ彫り残しをする習いがある。なぜだか…分かるか」

諭すように言う香久山の横で、京本がフッ…と息をついて、後を次ぐ。

「全部をつないで彫ってしまうと、逃げ場を失う…っていう事で、わざと目立たない所を彫り残すんです。窮地に立たされた時の為に、逃げ場を作っておく…っていう意味合いでね」

「…逃げ場…を…作る」

掠れ声で言いながら、柊は目の前の双龍に目をやる。

それを察して、香久山が肩越しに柊を振り返った。

「もちろん、この背中の龍にも、親父の墨にも、彫り残しはある。でも、親父は死んだ。……そういう事だ」

「……香久…山…さん」

胸が痛い。でも、それ以上に香久山の言葉は、柊の心の深淵に沁みていく。

おそらく、香久山は知っているのだ。

知っていて、その上で京本にゴリ押しをして予約を入れ、柊をここに連れてきた。

でなければ、こんな事ができるはずがない。

こんな言葉を、香久山が口にするなんて…――

「でも、願わくば僕は、この先この龍が、何度も色褪せてくれる事を望んでいるんです」

言いながら京本は針を置き、その指で香久山の龍を愛しそうに撫でた。

龍が色褪せる――それは、香久山がこの先、何年も無事に生き延びるという事だ。

「そしてその度に、僕は自分のこの手で色突きをして、龍を甦らせたいと願って止まない。なぜなら…」

京本の柊を見つめる目が、意味ありげな色に染まった。

「どうやら、これに爪を立てる資格は、僕にはないみたいだから……ねぇ、柊さん」

ドキッと心臓が脈打つ。と同時に、柊はカッと赤面した。

京本は香久山が柊の名前を呼んだ事に気づき、その意味を深読みしたのだろう。

だが香久山との関係を邪推された以上に、柊は彼の放った言葉に激しく動揺していた。

「よせ。滋」

それまでうつ伏せていた香久山が、布団の上にゆっくりと起き上がった。

そして全裸のまま胡座をかくと、「今夜はここまでだ」と告げる。

それに対し、京本は了解というように手を上げて見せ、墨の道具を片づけ始めた。そして一言。

「皓一。僕も彼の事、気に入ったんだけどな」

「えっ…」

それはどういう意味だとおののく柊を横に、香久山が憮然として言う。

「あいにくだな。俺の方が余計に気に入っている」

「何だ。つまらないなぁ。久しぶりに一緒に楽しめるかと思ったのに」

クラリと目眩がした。あげく、訳の分からない不快感が急激に胸に込み上げてくる。

この京本という男は、いったい香久山の何なのか。単なる友人ではなかったのか。

「まぁ、せいぜい発熱しないよう気をつけて。じゃあ、柊さん…ごゆっくり」

そう言ってにっこり微笑み、部屋から出て行く京本に、柊は何と返答していいのか分からない。

しかも、こんな状態で香久山と二人、部屋に捨て置かれるなんて。

「――気になるか。俺と、滋の事が」

布団の傍らに置かれた煙草を手に取り、火を点けながら香久山が訊く。

その問いに、再び心臓が跳ね上がり、顔が熱くなった。

いったい自分はどうしてしまったのだろう。

なぜ、いつものように毅然と「別に」と突っぱねてしまえないのか。

少しばかり優しくされたから、京本に煽られたからと言って動揺し、香久山を直視する事もできないなんて、あまりにもらしくない。普通じゃない。

その沈黙をどうとったのか、香久山は目を細めて紫煙を吐き出し、薄く笑う。

「あいつとは色恋沙汰の仲じゃない。それにもう、昔の事だ」

「だったらっ…」

反射的にそう言いかけて、柊はハッと口を噤んだ。そして愕然とする。

今、自分はいったい何を言いかけた？　何を香久山に、問い質そうとした？

「……帰り…ます」

柊は自分が信じられず、ふらつく足で立ち上がった。

だったら、自分とはいったいどんな仲なんだ――飲み込んだ言葉が、胸の内を激しく灼く。

それは、紛れもなく、嫉妬ゆえの感情で。

「柊。自分を偽るな」

背中に響く声に、柊はハッとして立ち止まった。

偽ってなどいない。知ったような口をきくな——言葉は頭の中で逆巻くが声にはならず、柊はただその場に立ち尽くす。

「もっと自分をさらけ出して見せろ……俺の前で」

振り向いてはいけない。そう思うのに、香久山の声は麻薬のように柊の心をそそのかす。

「柊…」

喉がコクリと鳴った。柊はゆっくりと背後を振り返り、香久山を見つめる。

たくましい裸体を惜しげもなく晒し、男は精悍な顔にうっすら笑みを浮かべていた。

「どんなおまえでも……俺が受け止めてやる」

その言葉に、ギュッと胸を鷲づかみにされる。

そのせいで、息がつけない。胸が苦しい。なのに、躰は甘く痺れていくばかりで。

「脱げ」

端的でひどく横暴な命令に、カッと頬が朱に染まる。

だが、もう逆らう事はできそうにない。

なぜなら、柊は気づいてしまったからだ。

この男に…けして信じまいと思っていたこのヤクザに、強く惹かれてしまっている自分に。

「全部脱いで、裸になって、ここに来い」

柊は震える手で自分の衣服に手をかけた。そして、片手煙草で香久山が見据える中、上着にネクタイにワイシャツにと、一枚一枚服を脱ぎ落としていく。

裸になって晒すのは、きっと躰だけではすまないだろう。

このまま抱かれたら、たった今気づいた自分の気持ちも、香久山に知られてしまうに違いない。

だが、そう思ってももう引き返せないほど、躰も…そして心も、香久山を欲している。

柊は最後の一枚を脱ぎ捨てると、肩で一つ息をして、香久山の前に歩み寄った。

視姦されるように見つめられていたせいで、すでに股間のものは形を変えつつある。

もう勃ってるのかと、揶揄されるのは慣れていたが、やはり恥ずかしかった。

「……これじゃ届かない。もっと寄れ」

だが、香久山は灰皿で煙草を揉み消すと、目の前の柊を眩しげに見つめ、そう言うだけで。

てっきり強引に手を引かれ、布団の上に押し倒されるのだとばかり思っていた。

なのに。

「…柊…」

促すように呼ぶ男の口から、赤い舌がチラリと覗き、唇を舐めた。

その光景に、柊は香久山の意図を理解して、倒れそうになる。

香久山は柊を立たせたまま、口淫をするつもりなのだ。

だが、それには胡座をかいた香久山の足を跨ぐように足を開き、仁王立ちしなければならない。

「どうした？　躰はすっかりその気になってるぜ」

「あっ…」

いつの間にかしっかり勃起したそれを、香久山の指が下からなぞるように持ち上げる。

先端の窪みから透明な液体が滲んで、香久山の指先を濡らした。

「涎を垂らすなら、俺の口にしろ。たっぷり舐めてやる。ほら……来い」

太股を引き寄せられ、柊は「あっ」とよろめくように足を開いて、香久山に近づいた。

「肩には触れるなよ。まだ血が止まってないからな」

その言葉に、肩につかまろうとした柊の手が、咄嗟に香久山の頭に伸びる。

「あぁっ…香久山…さんっ…」

柊は自ら香久山の口の中へ、自身を突き入れてしまった。

それをいい事に、香久山は舌を絡ませ、きつく吸い、いきなり濃厚な愛撫を開始した。

尻の丸みを両手で鷲づかみにし、逃げる腰を引き戻しては、またきつく吸う。

その度に、鋭い快感が背筋を突き抜け、柊は何度も甘い声を上げた。

しかも尻をつかむ香久山の指は、足を開いて立っているせいで易々と割れ目に滑り込み、窄まりにも触れてくる。そして、入口の襞を愛でるように撫でる。

柊が前と後ろを同時に愛撫されるのに弱い事を知っていて、香久山はわざと焦らしているのだ。

「やっ…あぁ…あ、んっ…」

まさぐる指の動きに合わせて、淫らに腰がくねった。

その弾みで焦がれていた指が、窄まりに少しだけ埋没し、柊の躰が悦楽の予感に打ち震える。

だが、香久山は残酷なまでに優しく、じわじわとしか指を挿入してこない。

「あっ…ぁあっ…嫌…あ、そんな…っ」

濃厚な口淫を受けた後の緩慢な愛撫は、生殺しのように脳髄を官能で灼く。

焦れた柊が「香久山…さんっ」と掠れ声で訴えた。

それに応えて、指がゆっくりと引き抜かれ、また押し込まれる。

柊の腰が、それでは足りないとばかりに、前後に揺れた。

「はあ…ぁぁ…んっ…」

そのせいで、躰の奥から蕩けるような愉悦が湧いてきて、柊の口から濡れた喘ぎが洩れた。

腰の動きがさらに速まる。はしたないと分かってはいても、もっと感じたい、もっと激しくされたいという抗いがたい欲求に、柊はもうどうする事もできない。

立ったまま男の頭をつかみ、前と後ろをより深く愛撫してもらう為に、自ら腰を振る。

そんな性の袋小路に、柊は容赦なく追い込まれていく。

もう逃げ道など、どこにもない。香久山に惹かれ、抱かれたくてたまらない自分を暴かれ、知られてしまうまで、追い詰められるだけだ。

「んっ…んっ…ん、ああっ！」

襲う鋭い快感に、柊の躰がビクリと硬直した。

尻をつかむ香久山の指が白い肉に食い込み、その喉が生々しく上下する。

途端に、膝がカクンと力を失ったように折れて、柊はそのまま香久山の脚の上にくずおれた。

その躰を香久山はしっかりと抱きとめる。

その安心感に、柊の口から、はぁぁ…と艶めかしい吐息が口から洩れた。

だが、それもつかの間で、柊はすぐに「あっ…」と躰を強張らせた。柊の尻の狭間には、いつの間にか勃起した香久山のものがぴったりと密着しており、ドクドクと熱く脈打っていた。

その感触に、吐精したばかりの敏感な躰が、一気に総毛立つ。

「欲しいのか…コレが」

香久山がクスリと笑い、柊の上気する顔を覗き込んだ。

否定したくてもできない柊の心根を、充分理解した上で訊いてくる香久山が憎らしい。

「言っただろう、偽るなと。もっと素直になってみろ」

「…っ」

柊は愉悦に潤む目で香久山をにらみつけ、すぐに視線を逸らした。

なれる訳がない。なったが最後、今のように自分を抑え切れなくなってしまうのが怖い。

「ったく、あんなに腰を振って、俺の指をギュウギュウ喰い締めていたくせに、強情な奴だな」

それをずばりと言い当てられて、身の縮むような屈辱と羞恥を感じた。

なのに。

「でも、まぁ…そこがいいんだけどな」

そう言われて、首筋にキスをされただけで、屈辱は甘く解け、羞恥は倍加する。

香久山の怒張に触れているそこが、妄りがましく震えた。

「欲しいなら、遠慮などするな」

それを感じ取ったのか、香久山が柊の腰を促すように持ち上げる。

そして、己の切っ先を尻の割れ目に沿って滑らせ、目指す窄まりにあてがう。

「ほら…好きなだけ喰え。存分にくれてやる」

だが、香久山は以前のように乱暴に柊の腰を引き寄せたりしない。

あくまで柊自身の意志で動く事を強いてくる。

「…くっ……う…」

恋愛は好きになった方が負けだと、どこかで訊いた言葉が柊の脳裏を過ぎった。

柊は香久山の二の腕につかまり、目を閉じて腰を落としていきながら、それを実感する。

拒否して、否定して、直視しないようにしてきた己の本心が、躰内にめり込んでくる熱くて硬い肉塊に暴かれていく。

「まだ、入るだろう」

もうこれ以上は…と思っていたところを、下からグッと突き上げられ、柊は「ひっ」と叫びながら背中をしならせた。だが、そのせいで感じる部分を擦られて、柊の内壁が悦びに収斂する。

「……そんなにイイのか」

耳に忍び笑いが聞こえた。

一瞬、あまりの快感に気が遠くなっていた柊は、その声音にハッと我を取り戻し、赤面した。

柊は香久山に深く穿たれて、しっかり勃起していた。

「柊…言ってみろ。言えたら、もっと……ずっと悦くしてやる」

あげく、そそのかす男の甘い声が、躰の芯を熱く疼かせ、更なる悦楽を柊に予感させる。

「……っ……イ…」

掠れ声でようやく口にしたのに、香久山は「聞こえねぇな」とすげなく言って認めてくれない。

飢餓感が、羞恥も屈辱も押し流していく。

「…イイ……です。…だから、もう…あっ！」

ズンと深く腰を突き上げられ、襲いかかる性の酩酊に柊は陶然とした。

「柊……目を開けてみろ」

その耳に香久山の声が聞こえる。

柊は愉悦の涙で潤んだ目を、ゆっくりと開け――そして硬直した。

「……っ！　あ……やっ…あぁっ」

香久山の肩越しに見えたのは、背中に鮮やかな刺青を持つ男に、大きく脚を開いて抱かれている自分の姿だった。

香久山は柊を貫きながら、わざと躰をよじって、大きな姿見に背を向けたのだ。

「素直に言えた褒美だ。たっぷり味わえ」

そう言うと、香久山は柊の腰をしっかりつかみ直して、下からの抽挿を開始する。

その動きに、まだうっすらと血の滲む紅色の曼珠沙華の中、青と緑の龍が生きているかのように蠢く。しかも香久山の背中はしっとりと汗ばんでおり、それがまた刺青の艶めかしさを倍増させて、柊を淫らな気持ちにさせた。

「あっ…あっ…あぁ、んっ…」

鏡から目が離せない。

深々と穿たれているその部分は映っていないのに、香久山の腰に巻き付く自分の脚や、抜き差しする度、揺さぶられて乱れる髪に、まるでそこをあからさまに見せつけられているような恥ずかしさを感じる。そう思って目を閉じてみるが、瞼に焼きついた自分達の卑猥な姿に、逆に性感を激しく煽られてしまうのだ。

結局、どうやっても香久山に翻弄される自分が悔しい。

でも、その反面、そうやって甘く支配される事を望んでいる自分も、確かに存在するのだ。

香久山の言うように、偽らずに認めてしまえばいいのかもしれない。

そうすれば、もっと楽になれるのだろうか。もっと満ち足りた…——

律動が止まった。ハッとして見ると、香久山が柊の首筋をじっと見つめていた。

その視線に、柊は息を呑む。

鏡の中、そこに映っていたのは、消えかけた赤い痕跡——数日前、山科がつけた跡だった。

ズキッと鋭い痛みが心臓を刺した。

だが、香久山は無言で柊の尻を鷲づかみにすると、淫猥な腰つきで内部をこね回し始める。

「あぁっ…や、あ…ぁっ…」

以前は何かに取り憑かれたかのように、それを払拭しようときつく吸い上げてきた。

なのに、今は口づけようともしない香久山に、柊の胸が軋む。

『あいつとは色恋沙汰の仲じゃない。それにもう、昔の事だ』

耳の奥で甦る香久山の声に、京本の顔が脳裏を掠めた。

柊は目の前の鮮やかな刺青から目を逸らし、唇を噛んだ。

この肉体を、あの男も知っているというだけで、胸の奥が嫉妬に灼きつく。

けれど、香久山の方はもうあの時のような激しい執着を、自分には見せてくれないのだ。

「何を考えている」

動きを止め、香久山が柊を見上げるようにして訊いてくる。

額に汗を滲ませ、情欲を隠しもしない男の瞳に、心が躰ごと震える。

だが、柊はきつく唇を結ぶ。

言える訳がない。楽になれるはずも、満ち足りた気持ちになれるはずもないのだ。

それには自分は汚れすぎている。

人を好きになり…好きになってもらう資格など、自分にはないのだから。

「また、だんまりか…。だったら、イイ声ぐらい聞かせろ」

嘆息混じりに言いながらも、香久山はいつものように柊を追い詰めようとはしない。柊の頬を手で包んでこちらを向かせて、頑なに閉ざしている唇を舌で舐め、あやすように口づけてくる。

らしくないその優しさが、今の柊には身を切るようにつらかった。

「…早く……動いて」

「何…？」

怪訝な顔をする香久山を、柊はまっすぐに見つめ、言った。

「早く動いてと……そう言ったんです。イイ声が…聞きたいなら」

思いがけない強気の懇願に、香久山の瞳が激しい劣情に揺らいだ。

「その言葉……後悔するなよ」

言うが早いか、香久山は荒々しい抽挿を再開した。

「あっ…あっ…や、あっ…」

息もつかせぬ抜き差しに、目も眩むような快感が、何度も柊に襲いかかる。

柊は香久山の頭をかき抱くようにして、その中に溺れていく。

今はもう何も考えたくない。躰だけでいい。躰さえ満たされれば、それだけでもう…。

「あ、あ、…んぁ…ああ――――っ…」

最奥を穿たれる絶頂感に、目の前が霞んだ。

薄れていく意識の中、柊は香久山に抱かれる鏡の中の自分を、最後まで見つめ続けていた。

◆

院長室のドアをノックすると、中から「どうぞ」という声が聞こえた。

柊は一つ息をついて、ドアノブを引いた。

「失礼します」

部屋に足を踏み入れると、山科が後ろで手を組み、青白い水槽の前に立っているのが見えた。

「何だね？　改まって話があるとか」

柊はドアを閉めて山科の側に歩み寄ると、軽く会釈をして単刀直入に話を切り出した。

「院長に折り入ってお願いしたい事があるのです。以前、私の研修先だったシカゴのM大学病院に、もう一度私を行かせてもらえませんか」

「何？」

柊の言葉に、ゆったりと熱帯魚を観察していた山科の顔色が変わった。

「それはいったいどういう事なのかな、藍原先生。……説明してもらおうか」

応接セットを指し示す山科の訝しげな眼差しに、柊はひるみそうになる気持ちを奮い立たせ、うなずいた。

もう続けられないと思ったのだ。

これ以上、山科と香久山の二人に、抱かれ続ける事はできないと。

山科と関係を続けている以上、自分には恋愛は無縁のものだと、柊はずっとそう思ってきた。

たとえ誰と付き合っても、山科と切れた後でなければ、その先に未来はないと思っていたから。

山科のように、妻と愛人は別ものとして扱うような真似は、自分にはできない。

何度か女性と付き合ってみた事もあるが、やはり誰とも長続きはしなかった。

なのに、あれほど毛嫌いしていたはずの香久山に、思いがけず本気で惹かれてしまって、柊は初めて気づいたのだ。

いくら恩人から強要されたとは言え、気持ちの伴わない虚しい行為を甘んじて受け入れてきた自分が、いかに汚れた存在なのかという事に。

そして、そんな自分を、柊は何よりも恥じたのだった。


「おまえの言いたい事は分かった。まだ伸び盛りの外科医の腕を、最先端医療の場で鍛えてみたい…その気持ちは医者なら誰しも持つものだろう。鉄は熱いうちに打てと言うしな」

「院長…」

柊は目を見張る思いで、向かいの椅子に座る山科を見つめた。

まさか山科が自分の申し出に、こんなにもすんなり賛同してくれるとは思ってもみなかったからだ。

米国での二年間、柊は研修先のM病院で高い評価を受けていた。勤勉で実直、そして何より外科医には欠かせない、瞬時の判断力や手先の器用さが認められたのだ。

研修期間が終わる頃には、このままここに残らないかという声も多数聞かれた。

そしてそれは数年経った今でも、友人や知人を通して時おり柊の元に届いている。

ただ今まで、柊の目にはそれが選択肢として映らなかっただけで。

いや…選択肢など、自分には存在しないと思い込んでいたのだ。

「それにしても、ずいぶん急な話だな。どうして今まで黙っていた。話す機会は、いくらでもあったはずだろう」

ゆったりとコーヒーカップに口をつけながら山科が言う。

柊は安堵しすぎないよう気をつけながら、慎重に言葉を選んだ。

「迷っていたんです。院長には一方ならぬお世話になりながら、勝手はできないと思って…。でも、外科も佐々木先生が入られて安定してきましたし、今が良い機会かもしれないと思ったんです。もちろん今まで院長に援助して頂いたものは、必ずお返しするつもりです」

山科の目が値踏みでもするかのように、スゥッと細くなった。

「それで…？　どのぐらいでこっちに戻ってくるつもりなんだ」

「えっ」

「一年か…二年か。まさか向こうに行ったきり…とか言うんじゃないだろうな」

そのつもりだった。

なぜなら柊は、これで山科と切れる決意をしていたからだ。

もちろん、そうなれば香久山とも会えなくなってしまうだろう。でも、柊はそれでも良かった。

山科との事を知られたまま、香久山にも愛人として抱かれるのは、つらすぎる。

それなら、ただ一度だけ「おまえに惚れている」と本気に告げてくれたあの言葉を胸に、潔く別れてしまった方が、どれだけ心の慰めになる事か――

「……やはり、そうか」

黙ったままの柊に、山科がいつになく低い声で言った。

「――柊。おまえの相手は、あの須藤…とかいう医者だな」

「えっ？　須藤…って……院長、何を…」

思いもしない名前を出されて困惑する柊に、山科が怒声を放つ。

「今さら、とぼけなくていい。大方、渡米したと言いつつ、日本に残っていたのだろう」

「なっ……そんな…違います！」

「嘘をつくな。確かあの男はシカゴ出身のはず。一緒に渡米するつもりなんだろうが」

「嘘じゃありません！」

「だったらおまえは、いったい誰に抱かれていた？」

コーヒーカップがガシャンと音を立ててテーブルの上に置かれる。

柊は言葉を失った。

「私が気づかないとでも思ったのか。だとしたら、おまえも甘いな…。いや、それほど私を愚鈍だと思っていた証拠か」

真っ青になる柊に、山科は自嘲を交えたような笑みを浮かべて言う。

その表情に、柊は己の浅はかさを思い知る。香久山にばかり気を取られていて、山科がどういう目で自分を見つめ、抱いていたのか、少しも気づかなかった。

「女と寝るのはかまわんが、私も男は容認できないからな。それも一度や二度ならいざ知らず、ここまでコケにされるとは…。可愛がってやった恩を忘れたのか」

吐き捨てるように言う山科は、今まで見た事もないような形相で、柊をにらみつけた。

違う――――そう言いたくても言えずに、柊は愕然としながら首を横に振る。

だが、否定したところで、いったい何がどう変わるというのか。

他の男と寝ていたのは事実だし、山科との関係を切ろうとしているのもまた本当の事だ。

「好きにすればいい」

冷ややかに言って、山科はソファから立ち上がると、院長用のデスクに歩み寄り、椅子に座る。

「シカゴでもどこでも、行きたければ行きなさい。何なら推薦状を書いてやってもいい」

「……院…長」

「これで満足だろう…柊。話は終わりだ」

柊はふらつきそうになる躰を堪えて、立ち上がった。

そして、かろうじて「ありがとうございます」とだけ言って頭を下げ、踵を返した。

その背に、たった今、思いついたと言わんばかりの声が響く。

「ああ。そう言えば、妹のめぐみちゃん……だったか」

「…え？」

「――あの子もおまえ同様、母親に良く似てきたな。先が楽しみだ」

振り向いた柊の目に、薄く笑う山科の顔が映る。

心が瞬時に凍りついた。

◆

気づいたら柊は、名刺を取り出し、何度も電話をかけていた。

だがその度に聞こえてくるのは、「おかけになった電話は…」という無機質なガイダンスの声で、携帯は一向につながらない。

柊は小刻みに震える手で携帯を閉じると、白衣のポケットに入れた。

そして、薄暗くなりかけた中庭を後にして、院内へ戻るべく足を進める。

吐く息がかすかに白かった。そのせいで頭が少し冴え、自分が今、どんな無茶な事をしようとしていたのかを、改めて思い起こす。

いったい自分は香久山に連絡を取って、どうするつもりなのかと。

『何かあったら、いつでも連絡してこい。いいな』

でも、今、柊が頼れるのは、香久山のあの言葉だけで。

――めぐみ…っ。

あの直後、柊は山科に、それはどういう意味かと問い質した。

だが、山科は別に他意はないと嘯くだけで、それ以上はいくら食い下がっても無駄だった。

だが、他意がない訳はない。山科は、柊の母親の事が好きだったのだ。

ならば、男の自分よりも、女のめぐみの方が、よっぽど――

「あら、藍原先生、何かご用ですか」

聞こえてきた看護師の声に、柊はハッとして立ち止まった。

医局に戻るつもりが、いつの間にか病棟へ足を向けていたらしい。

しかも、かつて香久山が入院していた特別個室のある、六階の西病棟だ。

「いえ…ちょっとぼんやりしていて…」

その言葉に、看護師は、まぁ、珍しいと笑って会釈をし、ナースステーションへ消えていく。

重症だと思った。こんなにも無意識に香久山を求めてしまうなんて。

病棟のラウンジにはテレビがつけられており、夜の面会時間に入ったせいで患者と面会人がその前で和やかに談笑している。それはどこにでもある、いつもの病棟の風景だ。

だが、この先のあの病室には、もう香久山はいない。

柊はセキュリティドアを見つめながら、意を決するように手を握った。

これは自分と山科との問題だ。香久山には何の関係もない。

それにまだ、何とかする余地は必ずあるはずだ。山科を父親のように慕っているめぐみに、自分と同じ…いや、それ以上の悲痛な思いをさせる訳にはけしていかない。

柊は腕時計を見つめ、もう一度、院長室へ出向こうと決めた。

仕事に関してはシビアな山科だが、けして情が通じない相手ではない。

山科が許してくれるかどうかは分からないが、誠心誠意謝ってみよう。

シカゴ行きも取りやめ、今まで通り…今まで以上に山科に尽くすと誓えば、きっと――

その時だった。

院長室へ向かおうと、柊が一歩足を踏み出したその背に、テレビのニュースの声が響いた。

「今日午後四時半頃、都内の松波会系香久山組の組事務所付近で発砲事件があり、一人が腹部を撃たれ重傷、他二名が軽傷を負いました」

心臓が止まるかと思った。

咄嗟に振り向いた柊の目に、いつだったか香久山の見舞いに訪れた松波会会長の姿が映る。

テロップとアナウンサーは、最近激化しつつある松波会の内部抗争が原因か、と告げ、事件現場の映像や生々しい血痕を映すが、まだ捜査中なのか、肝心の怪我人の名前や犯人の情報は公開されない。食い入るように画面を見つめていても、住民のインタビューが続くだけだった。

――香久山さんっ…。

柊はテレビに背を向けると、急ぎ足で病棟を後にした。

◆

『先生、心肺停止です！』

『除細動器をっ』

脳裏に、香久山が病院に運ばれてきた時の、一刻を争う情景が浮かぶ。

柊はそれを無理やり振り払って、車窓を見つめた。

あの後、柊はすぐに着替えを済ませ、病院からタクシーに飛び乗った。

そして名刺に書かれてあった香久山組の住所を運転手に告げると、再度、香久山の携帯に…組事務所にと、立て続けに電話をかけた。だが、どれもつながらない。

あげく組事務所が近づくにつれ道路は渋滞し、脇道に迂回する車が増えてきた。

「どうします、お客さん。このまま行っていいですかね」

運転手の声に柊は一瞬ためらった後、「止めて下さい」と答えた。そして料金を払うと、今一度道順を確かめて車を降り、足早に歩道を進む。だが、三つ目の交差点をすぎて左に曲がった所で、柊は警察の足止めを喰らった。発砲事件とあって、まだ現場検証が続いているのか、サーチライトのように明るい照明に照らし出されたビルや通りには、黄色いテープが張り巡らされている。

その向こうに、香久山組の代紋が掲げられたビルが見え、胸がギュッと締めつけられた。

柊はまだ結構な人だかりになっている中を、警官が立っている所まで進んだ。

「すみません。中に入れてもらえないでしょうか。知人に会いに行きたいんです」

その言葉に、後ろで手を組んでいる警官がジロリと柊を一瞥した。

「知人？　あんた、組関係者かね」

「いいえ。違います。でも、急用が…」

「駄目だな。検証が済むまで、あきらめなさい。一般人の立ち入りは固く禁じられている」

「だったら、せめて怪我人が誰なのか、教えて下さい」

「駄目だ。身内にはすでに連絡がいっている。本部の発表があるまで口外はできない」

警官はぴしゃりと言って、柊から目を逸らし、辺りを警戒するように見つめた。

ビルの前には多くの警官や鑑識がまだ物々しく動き回っている。あちこちに報道関係者の姿も見え、この中を無理やり突破してビルまで突き進むのは無理だと思われた。

でも、たとえ無理でも、柊は香久山に会いたかった。

——一目でいい…。会って、香久山さんの無事な姿を確認したい。

だが、柊はそれをぎりぎりの理性で堪える。

ここで騒ぎを起こせば、香久山の迷惑にしかならないからだ。

組事務所だというビルのほとんどの窓には煌々と灯りが点っており、時おり慌ただしく行き交う人影が見え隠れしている。その中に、香久山もいるのだろうか。

撃たれた人間は…怪我をした人物はいったい誰なのか——それを確認する術を何も持たない自分に、柊は激しい苛立ちと悔しさを感じて、胸元をギュッと握った。

その途端、柊はハッと息を呑み、急いでスーツの内ポケットに手を差し入れた。

そして、取り出した名刺入れの中を探って、目当ての一枚を見つけ出す。

柊は今一度、ビルの窓に目を向け、踵を返した。


柊がタクシーで乗り付けたのは、京本の彫場だった。

はたして予約もなしに京本が会ってくれるのかどうかは定かではなかったが、もう香久山の消息を知る事ができそうなのは、ここしかない。

通された部屋は、椅子に腰掛けて刺青を彫る為に用意された四畳半ほどのコンパクトな部屋で、明るく清潔な造りではあるが、作業室という雰囲気は否めなかった。

柊は今さらながら、数日前、自分達が通された部屋は別格だったのだと思い知らされた。

でも、どんな部屋でも案内してもらえたのだから、会ってくれる可能性は大だ。

京本がかつて香久山と肉体関係にあった事は分かっているし、気にならないと言えば嘘になる。きっとこんな事がなければ、ここに来る事などなかっただろう。

「失礼します。お待たせしました」

ノックの音と同時に、ドアが開かれ、作務衣姿の京本が姿を現した。

柊は思ってた以上に早く京本が現れた事に安堵しつつも、急に不安になる。

もしや、香久山の身に何かがあったからこそ、京本は急いで――

「お忙しい所、お邪魔して申し訳ありません」

柊はすぐに椅子から立ち上がり、深々と頭を下げた。

京本はにっこり笑って、頭に巻いていた赤いバンダナを外した。

「大丈夫ですよ。今ちょうど予約がキャンセルになったところなんです。それよりも、こんな所にお通ししてすみません。あいにく他に空いている部屋がなくて」

「いえ…」

「事件の事で、ここにいらしたんでしょう」

単刀直入に訊いてくる京本に、柊は思わず身を乗り出し「はいっ」と返答した。

「皓一の事が心配で、いてもたってもいられなくて?」

その言葉にカッと頬が熱くなったが、柊はもう一度「はい」ときっぱりうなずいた。

ここまで来ておきながら、もう取り繕っている場合ではない。

「テレビで事件のニュースを見て、香久山さんに電話をしたんですが、つながらなくて。組事務所にも行ってみたんですが、立ち入り禁止で何も分かりませんでした。なので、ここに…。もう京本さんしかいないと思ったんです。香久山さんが無事なのかどうか、訊ける人は」

「大丈夫。撃たれたのは皓一じゃないし、香久山組の人間でもありません」

「えっ…本当ですか？」

「ええ。今、後始末に追われているみたいだけど、皓一はピンピンしてるようです。さっき予約をキャンセルしてきた香久山組の組員に、直接聞いた話ですから、安心して下さい」

笑顔でうなずく京本に、柊は「良かった…」と呟いて、脱力したように椅子へ腰を落とす。

途端に、どうした事か、目頭までもが熱くなった。

それを京本に気づかれないよう振り払って、柊はどうにか自分を立て直す。

「でもね、藍原さん。皓一が身内から狙われているのは事実なんです」

なのに京本は、安堵した柊に、ドキッとするような台詞を吐く。

「どうしてですか？　なぜ香久山さんが狙われるんですか？　それも身内からだなんて」

思わず食ってかかるような口調になってしまった事に気づいて、柊はハッと口を噤んだ。

けれど、京本は気を悪くするどころか、どこか困ったような笑みを浮かべる。

「藍原さんは、今、松波会の若頭の席が空席だっていう事を知ってますか」

「空席？　いいえ、知りません」

そう答えると、京本は数年前の抗争事件で先代の若頭が倒れて以来、会長に次ぐナンバー2の席が今もって埋まっていない事を教えてくれた。

松波会はその傘下に二十を下らない子組を持つ大組織だ。子組の組長は全員松波会の幹部で、それぞれが空席になったままの次期若頭の席を狙いつつ、表面上は今まで均衡を保ってやってきた。

「でも、今年に入ってから、関西系極道の沢口《さわぐち》組が関東にじわじわとのさばり出してきて、一花咲かせようと松波会の会長を襲撃した。そのせいで、均衡が崩れてしまったんです」

「この間の事件のせいで…ですか？」

「ええ。会長の命を、躰を張って救った皓一の、若頭就任が濃厚になった…という事です」

柊の脳裏に、香久山を手厚く見舞う、松波会の会長の姿が浮かんだ。

「でも事件は沢口組が単独で画策した事らしく、関西の総元締めも関東とは事を荒立てたくないと詫びを入れてきた。沢口組解散と、狙撃手の始末、それに松波会への見舞金として、裏金融のルートの一つを譲渡するという条件で、落とし前をつけたんです」

京本はさらりと「始末」と言ったが、その意味を考えて、柊は背中の寒くなる思いがした。

「結局、松波会は、皓一のお陰でうるさいハエを叩き落とし、美味しい土産も手に入れる事ができた。すると当然、皓一の株は上がる。でも、そうなると面白くないないのが、他の幹部達でしょう。特に皓一よりずっと年配の幹部連中は、黙ってはいられない」

そこまで言われて柊は、今、香久山が大変な状況にある事を痛感した。

「だから、香久山さんは命を狙われている。若頭に就任させまいとする、他の組の人達に…。そういう事ですね」

「ええ。でも、幹部達も馬鹿じゃないから、直接皓一に手を下すなんて事はしない。だから今回の襲撃にしても、香久山組と懇意にしている柴田《しばた》組が狙われたんです」

「威嚇…ですか」

柊の言葉に、京本は深くうなずいた。

「でもね…藍原さん。皓一は必ず若頭になりますよ」

「えっ…」

「先代の若頭が就任する前、本当は亡くなった皓一の親父さんが、その席に就くはずだったんです。その直前に、皓一同様、当時の組長を庇って亡くなって…」

「そうだったんですか…」

確か父親は、香久山が十五歳の時に、目の前で斬られて死んだと聞いた。

その父親と同じ刺青を彫るほどなのだから、きっと京本の言うように、香久山は若頭になる事を望んでいるのだろう。

「当時は『暴れ龍の香久山』と言ったら、知らない者はいないほどのヤクザだったんです。でも、その分、敵も多くて怪我も絶えなかったし、酒好きだったから無茶をして病気になったりもした。でも、その度に腕のいい医者に診てもらって復活してきて、そのタフさには皆舌を巻いた…って、亡くなった僕の親父は、いつも誇らしげに話していました。だから皓一も変に義理立てせず、親父さんの荒っぽさを見習って、とっとと若頭にのし上がってしまえばいいんです。そうすれば、叔父貴達もさすがに手出しはできなくなるだろうし」

「……そうですね。…本当に」

答える柊の胸が痛む。もしも香久山が松波会の若頭に就任したら、自分とはますますかけ離れた世界の人間になってしまうのだろう。

いや、今までも、充分かけ離れた世界の人間だったのだ。

ヤクザを忌み嫌っていたせいで、香久山という男の人間性を顧みる事などしてこなかったが、病院に顔を出した組員達は、皆一様に彼に心酔し、彼の下で働きたいと熱望している者ばかりだ。

それに松波会の会長にしても、次期組長とも言える地位に、自分の命を救ってくれたという理由だけで、香久山を据えるはずがない。

それだけの実力と侠気《おとこぎ》が、香久山にはあるという事だ。

そんな男が、松波会のような巨大な組織でナンバー2の地位に就いたら、もう簡単には会う事すらできなくなるに違いない。

そこまで考えて、柊は自分の身勝手さを痛感した。

会えなくなるも何も、はなから自分は香久山とは別れる気でいたのではなかったのか、と。

「でも、意外だったなぁ…」

暗澹たる気持ちで黙考していた柊の耳に、京本の声が聞こえる。

「藍原さんが皓一の事をこんなに心配して、うちに駆け込んでくるなんて…。皓一から聞いていた話とは大違いだ」

「え？　大違い…って…」

柊が顔を上げ、そう口にし掛けた途端、胸元で携帯が鳴った。

「香久山さんかもしれない。ちょっと、すみません」

柊は京本にそう断り、急いでポケットから携帯を取り出した。

だが、かけてきたのは、香久山ではなく――

「…めぐみ？　どうしたんだ、こんな時間に。何かあったのか」

柊は携帯を耳にあてると、京本に背中を向け、声をひそめた。

その耳に、柊を気遣うような妹の声が響く。

『ごめんなさい。まだ病院だった？』

「いや…今、ちょっと出先なんだ」

『そう。だったら手短に言うわね。あのね、私、来年からお兄さんと一緒に働ける事になったの』

「えっ」

それはいったいどういう事だと尋ねる間もなく、めぐみの弾んだ声が聞こえてくる。

『山科先生が電話をくれて、看護学校を卒業したら、是非うちに来ないかって言って下さったの。私もう嬉しくて…。すぐにお兄さんに知らせたかったの。ごめんね、忙しい時に。……もしもし…

…もしもし、お兄さん？』

柊の目の前が真っ暗になった。

◆

柊は京本の彫場を後にすると、呼んでもらったタクシーの中から電話をかけた。

柊の方から山科をホテルに誘うのは、初めての事だった。山科も電話に出た直後は渋っていたが、丁重で熱心な柊の懇願の末に、仕方なく出向く事を了承した。

もちろん、めぐみの件には一切触れない。柊の気持ちはもう決まっていたからだ。

柊はタクシーでホテルに乗り付けると、少し遅くなるという山科を待つ為に先に部屋に入った。

部屋はいつも利用するエグゼクティブフロアのダブルルーム。

ツインルームはあいにく塞がっていたが、今の柊にはどちらの部屋でも大差はなかった。

突き当たりの大きな窓に歩み寄ると、眼下にきらめく都心の夜景が拡がる。

その景色を見つめながら、柊は思う。

もう疑う余地はない。山科は本気なのだと。

母親の顔も知らず、父親はいつも医者として接するばかりで、肉親の情愛は兄の自分と祖母のそれしか知らないめぐみ。それだけに、公私に渡って親身に面倒を見てくれる山科を、めぐみは父親のように慕っているのだ。

――それを…。

柊は唇を噛みしめると、窓から目を離した。

途端に、キングサイズのダブルベッドが視界に飛び込んでくる。

『――言ったはずだ。俺はおまえに…惚れていると』

一瞬、そこに燃えるような目をした香久山の姿が浮かび上がった。

くしくもこの部屋は、以前、山科に抱かれた直後に、香久山に連れ込まれた部屋と同じタイプの部屋だった。それだけに甦る記憶は鮮やかで、柊の胸を切なさでいっぱいにする。

「…香久山…さん」

声に出して名前を呼ぶだけで、胸の奥が痛いほど甘く締めつけられる。

そんな感覚が自分にもある事を、柊は知らなかった。

でも、柊には柊の人生があるように、香久山には香久山の人生がある。

おのおのが男として、果たさなければならない役割があるのだ。

だから、香久山が無事なら…生きてさえいてくれれば、それでいい。

『――俺のものになれ……柊』

鼓膜を震わせた、熱い囁きの記憶。それに背を向けて、柊は壁際の机に歩み寄った。

そして引き出しを引いて、備え付けのレターセットとペンを取り出す。

椅子を引いて座ると、スーツのポケットに入っているものが、コトリ…と音を立てた。

柊はそれをそっと取り出し、机の上に置いた。

京本がタクシーを呼びに出て行った隙に、彫場から忍ばせてきたそれは、スタンドの光を吸って柔らかな光沢を放っている。

それを傍らにじっと見つめ、柊はペンを取り上げると、便箋に「めぐみへ」と綴った。


部屋のチャイムが鳴ったのは、柊が封筒に封をした直後の事だった。

柊は椅子から立ち上がると、机の上のものを素早くポケットに入れた。そしてドアに歩み寄る。

「待ったかね」

「いえ…それほどでも。わざわざいらして下さって、ありがとうございます」

部屋に入ってきた山科は、先日の憤怒が嘘のように、普段通りの顔をしている。

柊は山科が手に持っていたコートを受け取るとハンガーにかけ、クローゼットに収めた。

山科はその横を素通りし、奥へ足を進め、ふと立ち止まる。

キングサイズのダブルベッドに、フッ…と口端が吊り上がった。

「まずは喉が渇いた。ビール……いや、ウィスキーを水割りで作ってくれないか」

山科は窓際のソファではなく、わざわざベッドに腰を掛けて柊に言う。

柊は「はい」と言葉少なに返答し、ミニバーに歩み寄った。

その姿をじっと見つめながら、山科はネクタイを緩める。

「せっかくこんな部屋を取ったのなら、シャワーぐらい浴びていれば良かっただろう」

揶揄の入り交じったその声に、グラスとマドラーを持つ柊の手がピクリと震える。

山科が何を意図してそう言ったのか、分からない柊ではないが、決意はもう揺らがなかった。

「…院長がこんなに早くいらして下さるとは、思っておりませんでしたので」

淡々と答え、柊は出来上がった水割りを手に院長に歩み寄ると、その場に膝をつく。

どうぞ…と差し出されたグラスを貰い受け、山科は間近の柊の顔を値踏みするように見つめながら、水割りに口をつけた。

「妹の就職のお話…お心遣いありがとうございます」

その視線を避けるように柊が目礼をすると、今度は山科の眉尻がピクリと撥ねた。

「妹も、院長や私に迷惑や心配をかけた分、早く恩返しをしたいのだと思います。でも、私は兄として、めぐみには今少し勉強に専念し、正看を目指してもらいたいと思っています」

「……内定を取り消せと……いう事か」

低く言って、山科はフンと鼻を鳴らした。

「だったら、それ相応の事をしてみせるのが先じゃないのかね。急いで私を呼び出し、こんな部屋を取ったのも、その為なんだろう。違うのか」

詰問する山科に、柊の目がスッ…と細くなる。

まだ譲歩の余地はあるとほのめかされても、いつまた同じようにめぐみを脅すかわからない。それが山科の本心である以上、そんな危ない賭に乗る訳には、けしていかないのだ。

「申し訳ありません、院長」

言って柊はスッとその場に立ち上がる。そして山科を上から見下ろし、ポケットに手を入れる。

「今まで受けたご恩の数々は、けして忘れる事はないでしょう。でも…」

その手が、取り出した小刀の鞘をゆっくりと払う。

「――もう、おしまいです」

小刀を両手で握りしめ、身構えた柊に、山科が顔面蒼白になった。

「柊っ…おまえ、何をっ」

「許して下さい、院長！」

突き出された小刀が空を斬り裂き、逃げる山科の頬を掠めた。

「やめろ…っ…、やめるんだ、柊っ、うわあああっ！」

グラスが床に転がり、氷が飛び散る中、振り下ろされた小刀がベッドにグサリと突き刺さった。

その一撃で、山科のスーツの袖がスパッと切れた。

瞬間、部屋のチャイムがけたたましく鳴り響き、ドアが連打された。

その音に、ハッと振り向く柊の隙を突いて、山科が転がるように逃げ出す。

「たっ…助けてっ……助けてくれ、誰か――っ」

「待てっ！」

追いかける柊を振り払い、山科が命からがらドアノブに手を伸ばして押し下げた途端。

バンッとドアが開かれ、屈強な男が二人、部屋に雪崩れ込むようにして入ってきた。

そして小刀を握り、殺意もあらわな柊を見て取ると、一瞬大きく目を剥く。

「よせっ、柊っ！」

「うるさいっ、邪魔をするなぁっ！」

柊は飛び込んできた男が誰なのかも分からないほど逆上しており、目を血走らせたまま、山科に躍りかかる。

「ひぃぃぃっ！」

その躰を庇い、男の手が、ひるむ事なく柊の方へ突き出された。

「目を覚ませっ、柊！」

小刀を握る手を、男の大きな手ががっしりと受け止め、柊の顔の前に突き出す。

腹の底に響く低い声が、部屋に響き渡った。

「――柊。おまえのこの手は、命を救う手だ。奪う手じゃない！」

その言葉に、柊の目が雷に打たれたかのように、カッと見開かれる。

柊の手をつかむ男の手から、じわりと赤いものが滲み出し、手首を伝ってポタポタと床に滴った。

それを見つめる柊の唇が、かすかに震え出す。

「……香久…山……さん？」

「やっと正気づいたか」

安堵したように言いながら、香久山はもう片方の手で、柊の手から小刀を取り上げた。そして、背後を振り返りざま床に膝を突き、今井の足元で震えている山科の顎に、それを突きつける。

「あんた、山科院長とか言ったな？」

「ひいいっ…」

「震え上がってねぇで、耳の穴かっぽじって、良く聞け」

山科は香久山を一目見て、ヤクザだと理解したのだろう。ダークスーツの襟元に輝く代紋のバッジは、さらにその恐怖を増大させ、山科はガチガチと音を立てて歯を震わせた。

「病院長と、そこの外科医が痴話喧嘩の末、刃傷沙汰。それも男同士だ。この醜聞が表沙汰になったら失うものが多いのは、あんたか…それともこいつか…どっちだ？　良く考えて返答しろ」

突きつけられた刃先を凝視し、山科はゴクリと喉を鳴らす。

「………わ…たし…です」

香久山が満足そうに口端を上げる。

「こいつの借金は、俺が耳を揃えて返してやる。それで手を引け。いいな」

山科は、なぜと問う事も、呆然と立ち尽くしている柊を見やる事もなく、即座にうなずいた。

それを認めて、香久山が今井に目配せをする。

今井はうなずいてクローゼットからコートを取り出し、山科の肩にかけると、その腕を引いた。

山科は力の抜けた足で、今井に引きずられるようにドアに歩み寄る。

その背に、「おい。山科さんよ」と、香久山のドスの利いた声が響いた。

「今後、少しでも妙なそぶりを見せやがったら、容赦なくあんたの命《タマ》…もらいに行くぜ。良く覚えときな」

畏怖に見開かれた目が、一瞬だけ柊を捕らえ、ドアの向こうに消えた。


「大丈夫ですか…本当に。痛みませんか」

「気にするな。たいした事はない」

ベッドに腰を掛け、香久山の左手に包帯を巻きながら、不安げに訊く柊に、穏やかな声が返る。

山科を連れていきがてら、今井がフロントから救急箱を借りてきてくれたお陰で、柊は何とか香久山の怪我の手当をする事ができた。

本当は何針か縫った方がいい傷だったが、香久山は消毒だけで充分だと言う。

おまえのこの手は命を救う手だ——そう言って、自分を救ってくれた男の手を、柊は心を込めて手当てした。香久山もまた、それをどこか懐かしげな目をして見ていた。

だが、いざそれも終わってみると、柊は何をどう切り出していいのか分からない。

どうして柊がここにいると分かったのか、多忙な香久山がなぜ駆けつけてくれたのか、今まで素知らぬ振りを決め込んでいた山科との関係に、なぜ今、踏み込んできたのか、疑問は尽きない。

なのに、無事ならそれでいいと思っていた香久山が、こうして自分の目の前にいるという事だけで、柊は胸が詰まってしまって何も言う事ができないでいる。

そんな柊の心情を察したのか、香久山が静かに口火を切った。

「悪かったな……来るのが、遅くなって」

柊は弾かれたように顔を上げ、首を横に振った。

来るも何も、はなからそんな事は考えていなかったというように。

なのに香久山は後悔をありありと浮かべた顔で、言葉を絞り出す。

「今までおまえは、ただの一度も俺に電話をかけてこなかった。だから、あれほど何度もかけてきたって事は、よほどの事があったんだと思ったたし、その時は何を差し置いても駆けつけてやろうと思っていた。なのに、この様だ…。日頃の行いが悪いと、こういう時にしっぺ返しを喰らう。着信履歴を見た時には、さすがの俺も青くなったぜ」

「そんな…」

「おまえには、護衛を兼ねて尾行をつけさせていた。だから滋の所へ立ち寄ったのも、このホテルに入ったのも、知るのは簡単だった。だが間が悪い事に、例のドンパチとかち合っちまって、報告を受けるのが遅れた。とりあえずその件は片をつけてきたが、直後に滋から小刀が一本消えていると聞かされて…。その時の俺の気持ちが、おまえに分かるか…柊」

そう言いながら、香久山は差し伸べた手で、柊の頬を包んだ。

そして、そこに柊がいる事を確認するように、優しく撫でる。その感触に、胸の奥が沁みるように熱くなり、柊は香久山が本当に自分の身を案じていてくれたのだと痛感した。

すみません…と、掠れ声で謝ると、香久山は薄く笑った。

「でも、間一髪で間に合って良かった。もう何も心配はいらない。院長とはこれできれいさっぱり別れられるだろう」

その言葉に、柊の表情がわずかに強張る。

香久山に面と向かって、山科との事を言われたのは初めてだったからだ。

それに気づいたのか、香久山は敢えてはっきりと口にする。もう終わった事だというように。

「おまえが院長と関係を持っている事は知っていた。そんな事は調べればすぐに分かる。とは言っても、知ったのは俺が退院して、おまえとこのホテルで再会してからの話だがな。尾行をつけたのも、その頃だ。でも、分からなかったのは、おまえが好きで愛人をしているのか、それとも、借金を形《かた》に躰を要求されているのか……そのどちらなのか、という事だ。でも、それもおまえを抱いているうちに、じき気づいた。おまえの躰は、惚れた男に抱かれている躰じゃないと」

その言葉にカッと顔が熱くなる。

「だったら、なぜっ…」

そう言いかけて、柊は唇を噛み、うつむいた。

そこまで分かっていたなら、なぜもっと早く、今のように強引に奪ってくれなかったのか。

呑み込んだ言葉に、柊は自分の身勝手さを思い知る。恥知らずにもほどがあると思った。

「――柊……俺は、同じ過ちは犯したくなかっただけだ」

でも、香久山から返ってきたのは、柊の心情を察してあまりある真摯な返答で。

「俺はおまえが心から頼ってくるまで、待つつもりでいた。おまえが口にしない事を俺が暴露して、これ以上おまえに誤解を与え、傷つける事だけはしたくなかった。……須藤の時のようにな」

その言葉に、柊はハッと息を呑んだ。

「あの時、俺は無条件でおまえを助けるつもりでいた。それこそ、金も躰も要求するつもりなんて、まるでなかった。だからこそ、おまえのした事に腹が立ったんだ。柄にもなく、ヤクザの純情を踏みにじられた気がして」

自嘲するように言う香久山に、柊はいたたまれない気持ちになる。

ヤクザの厚意をただで受ける馬鹿はいない――あの時、自分はそう言って、いきなり香久山のものを口に咥えたのだ。香久山が激怒するのも当然だろう。

「だから、わざとおまえを虐めた。退院までの憂さ晴らしだと自分に言い聞かせて…。今考えたら、まるでガキだな。その時すでに、俺はおまえに本気で惚れてたってのに」

ズキッと胸に鋭い痛みが走る。柊は香久山の熱っぽい眼差しから目を逸らして言った。

「……嘘を…言わないで下さい」

「嘘じゃねぇよ。だが、このホテルのロビーで、おまえの姿を見つけるまで、俺もそれを認められなかったのは事実だ。なのにおまえは俺を拒んで…。あげく剥いてみりゃ、誰かに抱かれた後だったんだからな。さすがの俺もショックだったぜ。でも、それで腹が決まった。おまえがどれだけヤクザを嫌おうが俺を拒もうが、いつか必ず、おまえを俺のものにすると」

柊はギュッと手を握り締めた。

そして、「駄目…です」と頭を振る。

「私には…香久山さんに、そんな風に思ってもらう資格などない」

怪訝な顔をする香久山に、柊は絞り出すように言った。

「もう…何もかも終わりにしたかった…。そう思って、シカゴの病院へ行きたいと院長に言ったら、妹のめぐみをおまえの代わりにすると脅されたんです」

「…っ。だから、俺に電話を…」

「あの時は、どうすればいいのか、まるで分からなかった。気がついたら、香久山さんに何度も電話をかけていて…。でも、香久山さんには香久山さんの果たさなければならない義務や責任があるように、私にも、私自身の手で片をつけなければならない事がある……そう気づいて…」

「だから、院長を殺すつもりだったのか、妹の為に」

「いいえ…違います」

柊はそう答えて、まっすぐに香久山を見つめた。

「めぐみを……妹を助けたいと思う以上に、私自身がもう耐えられなかった…。香久山さんに強く惹かれながら、この先もずっと院長に抱かれ続けるのは、もう嫌だったんです」

柊の目から、スゥ…ッと一筋、頬に涙が伝った。

「私は、そんな卑怯な人間です。好かれる資格なんてない…。この手は、汚れて…」

「――汚れてる訳がない！」

叫んで香久山は、柊の両手をきつく握った。そして、重ねて言う。

「おまえの手は、汚れてなんていない。この手は俺の命を救ってくれた手だ。それに親父の命を救ってくれた、おまえの父親……藍原先生の血を引く手だ」

「…私の……父？」

思いもかけない言葉に、柊は頬を濡らしたまま、香久山を見つめる。

「ああ。俺がまだガキだった頃、肝臓を悪くして親父が倒れた事がある。その時、ヤクザというだけで、どこの病院にも敬遠されたのに、藍原医院だけは快く受け入れてくれたんだ。そのお陰で親父は一命を取り留める事ができた。お袋も組員達も、泣きながら藍原先生に感謝していたのを、俺は今でもはっきりと覚えている」

「そんな…」

「だから、息子のおまえが執刀医だと知った時は驚いた。偶然にしては、できすぎてるってな」

そう言って懐かしげに目を細める香久山に、柊は思い知る。

だから香久山は、何の見返りもなく、自分を須藤から救おうとしてくれたのだ。

自分自身と、父親の命も救ってくれた藍原親子に、少しでも恩返しをしようと思って。

「でも、その頃からなんだろう。藍原医院がヤクザ病院と呼ばれるようになったのは」

柊はハッと息を詰めた。

「おまえの事は洗いざらい調べさせた。だから、おまえがどうしてヤクザ嫌いになったのかも、今のような境遇に陥ったのかも、みんな知っている」

「でも…それは、香久山さんのお父さんのせいじゃありません」

「ああ。確かにそうかもしれない。でも、柊……今さらこんな事を言っても始まらねぇが、俺はもっと早くおまえの事が知りたかった。そうすればここまで苦しませずに済んだのに…と、おまえを抱きながら何度思ったか知れやしない。いっその事、おまえがまた傷つくのを承知の上で、院長の手からもぎ取ってやろうかとも思った。でも、そうしなかったのは…」

そこまで言って香久山は、今一度真剣な眼差しで柊を見つめた。

「——そうできなかったのは、柊……おまえに本気で惚れちまったからだ」

「…香久…山…さん」

心が震えた。

こちらを見つめてくる黒い瞳の中に、真実が見える。

柊を心の底から案じ、欲しているという、揺るぎない情熱が。

「今まで一人で何もかも背負ってきて、大変だったな。だからもういい。もう…自分を責めるな」

優しく言われて、柊の躰が香久山の胸に引き寄せられる。

温かかった。香久山の腕に包まれ、その胸に頬を寄せると、途端に柊の躰の奥底から、熱いものが込み上げてくる。それは堪えきれないほど急激に膨れ上がり、柊の胸を、唇を震わせた。

「…香久山さん……好きです。あなたが……好きです」

香久山が極道だろうが、かけ離れた世界の人間であろうが、そんな事はもうどうでもよかった。

こうやって自分を抱きしめてくれる男だけが、柊にとっての真実だ。

「柊…っ」

「…ぅんっ…」

唇を塞がれると同時に、傾いた躰がベッドに沈む。

スプリングが立てるギシッという音が、予感に肌をざわめかせた。

「…香…まさ…んっ、んっ…」

軽く啄まれたかと思うと深く口づけられ、舌を絡め取られて、きつく吸われる。

香久山のキスはそれだけで魂ごと持っていかれそうなほど容赦なく、なのに蕩けそうに甘い。

しかもそれは、香久山の手が首筋を撫で、ネクタイを緩めてワイシャツの内側に滑りこんでくると、さらに甘さを増して、柊を戸惑わせた。

まるで触れられるのも初めてではないのかと錯覚してしまうほど、柊の躰は鋭敏に反応する。

「んっ…待っ…て、香久…んうっ…」

そのはしたなさが恥ずかしく、男の肩を押してみるが、香久山は「聞けないな。素直に抱かれろ」と薄く笑って、目的のものを指でキュッとつまんだ。

「は、あぁっ…」

乳首から下腹にかけて、鋭い疼痛が走り、柊は思わず背中をしならせる。

そこをさらに指先で揉んで、こね回して、香久山は柊の唇を再び塞いだ。

口腔を熱い舌で舐め回され、凝ってきた乳首を愛撫されているだけなのに、柊の股間は急激に張り詰めていく。このままでは、すぐにも達ってしまいそうだった。

「んっ…駄…目…っ、やめ……香久山…んっ…」

柊がむずかるように首を振ると、香久山は動きを止めて、苦笑する。

「何がそんなに、駄目なんだ?」

分かっているくせに、意地悪く訊いてくる香久山は、いつもの香久山だ。

けれど、その顔に浮かんでいるのは嘲笑ではなく、愛撫の手もいつになく優しい。指先で勃ち上がった乳首をゆるゆると刺激しながら、香久山は首筋へ…鎖骨へと、舌を這わせてくる。

それでも、早々に達してしまうという危機からは逃れられたようで、柊はホッと息をついた。

そこにいきなり香久山の手が下腹に伸びたのだから、たまらない。

「や、あぁっ…」

ズボンの上から握られて、柊の分身がドクンと脈打つ。それにうろたえているうちに、手早くベルトを外され、ファスナーを下げられて下着の上から触られた。

たったそれだけの事に、甘ったるい声を上げて、身悶えてしまう自分が信じられない。

でも、いくらそう思っても、下着越しにやわやわと揉み込んでくる男の手が、香久山のものだと思うと、躰の奥底から次々と愉悦が湧き上がってくるのだ。今にその手が下着の中に潜り込み、直にそれに触れ、淫らな動きで自分を翻弄するのだと思うと、目眩がするほど感じてしまう。

「あっ…、や、あっ」

胸の突起を吸われ、舌で転がされて、ジンとそこが痺れる。そこにたった今想像した通り、香久山の手が下着の中に潜り込んできて、柊の分身をゆるりと扱き上げた。

「ん、やっ…香久…や、ああっ！」

鮮烈な快感に、柊はあっけなく放っていた。それも香久山の手と下着を、べっとりと濡らして。

こんな事は初めてだった。

「…どうした。いつになく早いな」

顔を上げ、驚いたように言われて、顔から火が出る思いがした。

「……すみ……ません…」

掠れ声でそう言うと、香久山は含み笑いをしながら躰を起こし、指にまとわりつく残滓を舐めた。

その音にすら、快感の余韻を刺激される。

「謝るな。責めてる訳じゃない」

言いながら香久山は、吐精のせいで力の抜けている柊の躰から、衣服を剥ぎ取っていく。

そして、自分も手早く全裸になった。

「今夜は、何度出してもいい。いや…涸れるまで、搾り取ってやる」

恥ずかしげもなくそんな事を言って、ベッドに乗ってくる香久山に、柊は上気している顔をさらに赤くした。

香久山が柊の膝を立てるようにして、足を大きく割り開いてくる。そのせいで、香久山のたくましい躰と、隆起しているものが目に入り、躰が燃えるように熱くなった。

たった今、達ったばかりなのに、下腹がジュン…とまた疼いた。

「や、…あ…見ないで……見ないで、下さい」

自分のはしたなさを知られたくなくて、柊は思わず股間を手で覆った。

「どうしてだ。今さら恥ずかしがる事もないだろう」

「…でも…っ」

「それとも、見られてるだけで、勃つからか」

言い当てられて、それにもまた感じてしまう自分に、柊はもうどうしていいのか分からない。

何度も抱かれ、淫らな行為を繰り返してきた間柄なのに、たった一言「好きだ」と想いを通わせてするセックスが、こんなにも自身を鋭敏にし、深い官能をもたらすものなのだという事を、柊は困惑の中、初めて知る。

「いいじゃねぇか。俺も、おまえのここを見れば、興奮する。お互い様だ」

香久山がやんわりと柊の手を引き剥がす。もう観念するしかなかった。

きつく目を閉じていても、晒されたそこに男の熱い視線が注がれているのがはっきりと分かり、柊はじわじわと前を勃たせたしまう。

「やぁ……香久…山、さん……嫌…」

シーツを握り、髪を乱して身悶える柊に、細められた香久山の目が劣情に揺れる。

「…ったく…。だったら、見ないから安心しろ。でも…」

膝をすくい上げられ、さらに大きく足を左右に割られる。

そのせいで、秘部があます所なくあらわにされ、柊は気の遠くなるような羞恥を感じた。

「代わりに、こっちはじっくり眺めて…たっぷり可愛がってやる。いいな」

熱い吐息が狭間を掠めた。濡れた舌先が窄まりの周りを、ねっとりと嬲る。

あまりにも淫靡なその感触に、柊は腰を捩って躰が逃げを打つが、思うようにはならない。

「あぁ…っ、や……ぁぁ…んっ…」

「もう、嫌だは無しだぜ…柊。それに、ここは全然嫌がってねぇだろうが」

「…そん…な、あ…違……ん…っ」

「嘘をつけ。これのどこが違うっていうんだ？　舐めてやると、こんなにもの欲しげにヒクついて……もう真っ赤だぜ」

「あ、く…ぅぅっ…」

「指先を挿れると……誘い込むように吸いついてくる」

後悔してももう遅い。

香久山は思う存分、言葉で柊を責め上げ、その舌で躰を蜜のように蕩かしていく。

しかも、熟れてきた後孔に指を突き入れ、浅く抜き差しされて焦らされたあげく、感じる部分を的確に刺激されては、為す術もない。先端から垂れた先走りが、柊の腹を淫らに汚していた。

「んぁ……はぁ…っ、あ…あぁっ…」

達きたい。我慢できない。けれど、香久山はそれだけの刺激は与えようとはせず、まるで柊の狂態を味わうように緩やかな愛撫を繰り返すばかりだ。

いっそ、自分でそこに手を伸ばし、握ってしまおうかとも思った。

香久山にそうしろと強要された事もある。今さらためらう事もないだろうと。

でも、そんな浅ましい姿を、香久山に見られるのが、怖い。

それは、香久山が極道だからでも、容赦のない男だからでもない。

けして失いたくない相手だからだ。

「どうする？　自分の手でするか……それとも、俺の口の中で達くか……どっちか選べ」

柊の限界を察知して、香久山が揶揄混じりに訊いてくる。

目を見開くと、柊の脚を押し開きつつ、香久山がこちらを見つめているのが見えた。

獣のように精悍な面差しに、情欲を滲ませた男の眼差しが、柊の渇望を激しく揺さぶる。

「…どっちも……嫌です」

掠れ声でそう言うと、香久山の眉根がピクッと撥ねた。

だが、次の瞬間。

「――挿れて…下さい」

思いもかけない哀願に、香久山の瞳がカッと見開かれる。

柊は激しい羞恥に灼かれながらも目を逸らさず、切に訴えた。

「もう…待てない。香久山さんが…欲し……ん、ああっ！」

「柊っ…」

呼ぶなり香久山は柊の足を抱え上げ、覆い被さってくる。たぎるような肉塊が、濡れそぼる窄まりにあてがわれたと思う間もなく、熟した襞を乱暴に押し開いた。

「は、あっ、ああ――――っ……」

一気に根元まで埋め込まれた衝撃に、柊の躰が大きく痙攣する。

気の遠くなる絶頂感に、白濁を放ってしまった事すら分からなかった。

喜悦の声を上げ、震える唇を、香久山が咬みつくように奪う。

そして、柊の両手を縫い止めるようにシーツに押しつけ、猛々しく腰を使い始める。

「んっ……んっ……んあっ……や、あっ、んっ……」

達したばかりの躰には、酷なほどの刺激と快感に、柊は息も絶え絶えに喘ぐ。

でも、こんな風に香久山が余裕を欠くのは稀で、それだけに柊は求められている悦びを隠せない。

「…香久…山…んっ、あっ…好き…です、香久山……さん…っ」

柊は何度も恋しい男の名を呼ぶと、与えられる鋭い快感に溺れた。

躰中が香久山を受け止めたがって、貪欲に収斂する。

「……っ！」

ドクンと躰の奥で、香久山の熱が弾けた。

そのせいで、絶頂とはまた違う、充足感や幸福感にも似た法悦が柊を満たした。

だが、躰の中の香久山は放ったばかりだというのに、すぐに挑めそうなほど硬度と大きさを保ったままだ。

耳元をくすぐる荒い吐息に混じって、香久山が低く舌打ちをする。

それを聞きながら、柊は今さらながら熱に浮かされたように求めてしまった恥じらいを濃くする。

でも、つかんでいた柊の手を放し、ゆっくりと躰を起こす男の不機嫌そうな顔にも、どことなく面はゆさが感じられて。

「…たく、ざまぁねぇな」

乱れた髪を掻き上げて言う香久山に、柊の胸が甘く震える。

やはり香久山は恥じていたのだ。思いがけず余裕を失ってしまった自分を。

それが、自分のせいだと思うだけで、柊はたまらない愛しさと羞恥を感じてしまう。

「あ……香久山さん……包帯が」

香久山と目が合った途端、ついさまよわせてしまった柊の視界に、解けかけた包帯が飛び込んでくる。思わず手を差し伸べていた。

「……余裕だな、柊」

憮然として言う香久山に、柊は頬を染める。

「そんな…。余裕なんて…ありません」

躰内深く、まだ脈打っている香久山のものを呑み込んでいるのに、どうして平常心でいられよう。

余裕などないからこそ、なのに。

「医者として、見すごせないだけです」

言いながら柊は香久山の左手からぶら下がっている包帯をつかんで、テープを剥がす。

そして、包帯の先を二つに裂いて、手首に巻きつけ、きっちりと縛った。

これだと少しぐらい激しく動いても、簡単には解けないだろう——そう考えて、柊はこの先、動く事を想定している自分に赤面した。

だが、香久山はそんな柊を、どこか優しい目で見ている。

「おまえは覚えちゃいないだろうが、昔、こんな風におまえに包帯を縛ってもらった事がある」

「え…?」

「親父が倒れて藍原医院に担ぎ込まれた時、実は俺も転んで怪我をしていたんだ。でも、お袋も組員達も、誰一人としてそれに気づかず、俺は一人で廊下に座っていた。そこに幼いおまえが包帯と消毒薬を持ってきて、手当をしてくれた。まだつたない手で、包帯の先が上手く結べなくて、真っ赤な顔をして…。おまえとはそれきりで、再会するまで聞いた名前すら忘れていたのに、不思議なもんだ…。あの手が今、ここにあるなんてな」

呟くように言いながら、香久山は柊の手を取ると、その甲にそっと口づける。

「香久山さん…」

胸の奥が切なく締めつけられた。

もちろん柊は覚えていない。

けれど、その時、香久山が感じたであろう気持ちは容易に想像ができた。

忌み嫌われるヤクザのその子供が、周囲から好かれて慕われていた訳ではけしてないだろう。

なのに幼い自分は、何のためらいもなく香久山に手を差し伸べたのだ。

まるで、柊の父親がしていた事と、同じように。

「あの小さな手と、おまえのこの手が同じだなんて…信じられねぇな」

言いながら香久山は、唇を押し当てていた柊の指をやんわりと甘咬みする。

「あっ…」

思わず甘い声を上げてしまい、手を引こうとしたが、香久山はそれを許さず、あろう事か咬んだ部分にねっとりと舌を這わせてきた。

その感触に背筋がゾクッと震えて、柊はあそこに咥え込んでいるものを締めつけてしまった。

それをありありと感じ取ったのだろう。

香久山はニヤリと笑って、ことさら執拗に指を舐めてくる。

柊の顔がたちまち朱に染まった。

今の今まで、純真だった頃の思い出に浸っていたくせに――恨みがましくそう思ってみても、そんな香久山を好きにさせられてしまったのだから、観念するより他はない。

「今度は簡単には達かせねぇからな……覚悟しとけ」

すっかりいつもの調子を取り戻した香久山が、ゆるり…と腰を蠢かせる。

その動きに、内壁が一段と嵩を増す雄心に抉られ、愉悦の波が押し寄せてきた。

「あっ……ん…っ」

「しっかりつかまってろ」

香久山は握っていた柊の手を自分の肩に回させると、自身をゆっくりと引き抜いた。

そして先刻放ったもので潤んでいるそこを、掻き混ぜるようにして元に戻す。

緩慢で、卑猥で、たまらない疼きをもたらす、男の腰の動き——それを何度も繰り返されて、柊は見る間に勃起し、甘く喘いだ。

「はぁ…ぁ、香久、山…さん…やぁ…ぁ…っ」

抽挿のピッチがなかなか上がらないのに焦れて、柊の腰がねだるように揺れる。それにハッと気づいて赤面し、歯を食いしばってみても、結局はまた翻弄されて、狂おしく身悶えてしまう。

そんな柊を余裕で組み敷きながら、香久山はさらに結合を深めようと、互いの躰を密着させた。

そのせいで、目も眩むような悦楽が襲いかかってくる。

「ああっ…」

一際高く声を上げて、柊は香久山の肩にしがみついた。

その脳裏に、血の玉が滲む真紅の曼珠沙華と、色鮮やかな双龍の姿が過ぎる。

――そうだ。肩には、刺青がっ…。

柊が肩からパッと手を放す。その仕草に、香久山が耳元で苦笑した。

「大丈夫だ。もうとっくに血は乾いている」

「えっ」

「柊……今度はおまえのその爪で、龍に血を流させてみろ」

言いながら香久山は、柊の目元に口づけた。

そして、その意図を計りかねている恋人を、荒々しく揺さぶり始める。

「あっ…香久山さんっ……く、あぁっ…」

途端に襲いかかってくる鮮烈な快感に、柊はたまらず再び男の躰にすがりついた。

そして、香久山の求めるものを、まざまざと理解する。

思う存分乱れて、背中に爪を立てろと――香久山はそう言っているのだ。

躰の芯がカッと羞恥に燃えた。

けれど香久山は、誓いを立てるような真摯な声音で、柊に告げてくる。

「――おまえだけだ、柊。俺が……それを許す相手は」

ドキンと心臓が高鳴った。

そのせいで、羞恥も、憤りも、わずかなためらいもが、甘い鼓動の中に溶けていく。

柊は今一度、たくましい躰に腕を回すと、背中の龍ごと香久山を抱きしめた。

そして突き上げられる度、次から次と溢れてくる愉悦の波の中に、身を投じる。

「…香久…山さん…っ、あっ…あっ…」

もういい。もう自分を偽るまい。

きっと香久山は、すべてを受け止めてくれるのだろう。

躰も、心も。何も隠さない、裸の柊のすべてを。

「好き…です、んっ…香久…っ、…好き……あぁ――――っ…」

「…柊っ…」

達する瞬間、折れんばかりに抱き竦められて、柊は至福の中、身をもってそれを知った。

◆

仕事を終え、帰宅した柊は、マンションのセキュリティを解除して、最上階の部屋へ向かう。

時刻は午後八時。当然の事ながら、ドアを開けても部屋は無人で、柊は自動で点るフットライトを頼りにリビングへ足を向けた。そして、買ってきたワインやわずかな食材をカウンターに置くと、夜景の拡がる窓辺に歩み寄る。

襲撃事件から、もう一ヵ月が経つ。

松波会は内部でのそれ以上の争いを避け、早々に香久山を若頭に据える事で話がまとまった。関西とも一悶着あったばかりなのに、内輪揉めでごたごたしていては、足元をすくわれ兼ねないというのが最大の要因だ。

そして、迎えた今日——香久山は若頭の就任式に臨んだ。

今頃は無事に式も終え、祝宴の真っ最中かもしれない。

準備や挨拶回りに忙殺されていた香久山とは、ここ一週間、まったく会っていない。

それでも、今夜は必ずここに帰ると連絡があったので、柊は早めに部屋に来て、待っていようと思ったのだ。

――でもきっと、帰ってくるのは遅いんだろうな…。

そう思って、柊はほんのり顔を赤らめる。

帰ってくるという言葉に、まだ慣れないせいだ。

この部屋は、香久山が柊との新生活を始める為に、新たに購入したマンションの一室だ。

とは言っても、香久山には和風建築の立派な邸宅があるし、柊にもめぐみと暮らす部屋がある。

だから、ここは別宅という事になるのだ。

わざわざ部屋など購入しなくても、会いたい時はホテルでもかまわないのにと柊は思ったが、これは香久山の男としてのけじめらしい。香久山のこれからの立場を考えると、あまり目立った事はしない方がいいに決まっていたが、柊はそんな香久山の心根が、正直とても嬉しかった。

それに、あと二週間ほどで柊の勤務先の病院が変わる。そのせいで通勤時間が大幅に増えるので、今度の病院からほど近いこのマンションは非常に便利だった。

実は、新しい勤務先は、山科の紹介によるものだった。

『すまない、柊…。あそこまで、おまえを追い詰める気はなかったんだ』

山科の謝罪は、思いがけず真摯なものだった。

結局、山科は柊を手放したくないあまり、めぐみまで使って芝居を打ったのだと言う。

それが単なる執着だったのか、柊に対する愛情ゆえの暴挙だったのか、山科は口にしなかった。

ただ、すでに恩は充分返してもらったとして借金は帳消しにし、柊の外科医としての腕を今以上に磨く事のできる病院を紹介してくれたのである。

そんな山科を、柊は不思議と恨む気持ちにも憎む気持ちにもなれなかった。

妹のめぐみも、独り立ちを焦ってはいけないという柊の助言に思い直し、正看を目指す進路を選んだようだ。

だから、今の柊には憂える事は何一つない。

ほんの数ヶ月前が嘘のようだった。

柊は窓に背を向けると、スーツの上着を脱いで椅子に掛け、キッチンへ足を向けた。そして、買ってきたワインを冷蔵庫に入れて、食材を取り出す。宴席での豪華な料理とは比べるべくもないが、香久山の為に、何か軽いつまみでも作っておこうと思ったのだ。

ヤクザというと、飲む酒は日本酒やブランデーのような高級酒をイメージしてしまうが、香久山は意外な事になかなかのワイン通で、柊を驚かせた。

短くはあるが、この部屋で穏やかな二人きりの時間をすごすようになり、柊は香久山の意外な面をいくつも知るようになった。

たとえば観葉植物が好きで、リビングや寝室には、ふんだんに鉢植えが飾られている事。

映画や読書も趣味で、壁一面に据え付けられた書棚には、ＤＶＤや本がぎっしり詰まっている事。

しかも、微妙に自分と好みが似ている所もあって、柊は何だか胸が温かくなった。

それは極道の男達を心酔させる魅力とは言い難いかもしれないが、柊はそんな香久山にますます惹かれていくばかりだ。

父は、病んでいる人間を差別してはいけないと言ったが、ヤクザだからといって差別してはならないのだと、今さらながら柊は思う。

極道という鎧を一度脱げば、そこには血の通った一人の人間がいる。

確かに、心底性根が腐り切った人間や、血も涙もない冷血漢も少なくはない。

けれどそれは、極道の世界に限った事ではないだろう。

でも、極道の極みを駆け上っていく香久山が、はたして、このままずっと変わらずにいられるものだろうか——柊の心に一抹の不安が過ぎる。

それをかき消すように、部屋のインターホンが鳴った。

「…香久山さん!?」

思わず口に出して言ってしまい、まさか…いくら何でも早すぎると、柊は思った。

だが、急いでインターホンに出ると、やはり帰ってきたのは香久山で、柊は驚きを隠せないまま玄関へ向かった。

「——今、帰った」

ドアを開けるなり出くわしたのは、背後に今井と矢田を従え、不機嫌そうな顔をした羽織袴姿の香久山だった。しかも、乱れた前髪や、翳りのある表情は、その男振りに数段拍車を掛けている。

香久山のそんな姿を見るのは初めてで、柊は彼を気遣う以前に、驚いて目を見張った。

「……ずいぶん……早かったんですね」

呆然と呟いて、柊はハッと姿勢を正す。今日は特別な日だった事を思い出したからだ。

「香久山さん。若頭就任、おめでと…う、んんっ！」

雪駄を脱ぐのももどかしく、香久山はグイッと柊を引き寄せ、その唇を塞いだ。

まるで柊を喋らせたくないかのような、乱暴で荒々しいキスだ。

香久山の肩越しに、目を丸くした今井と矢田が見える。

柊はカッと赤面し、慌てて香久山の胸を押した。

「い……いきなり何をするんですかっ」

「黙ってされてろ」

だが、引き戻す剛腕は、自分とは比べものにはならず、たちまち柊はまた唇を奪われてしまう。

しかもあろう事か、香久山は舌まで差し入れてこようとするのだ。

その耳に、嘆息混じりの二人の声が聞こえてくる。

「このところ、ずっとハードスケジュールでしたから、組長も疲れてらっしゃるんですよ」

「そ…そうです。今日も一日、叔父貴達に振り回されて、大変だったんス。だからどうか、組長をゆっくり休ませて上げて下さいっ」

気遣いはありがたいが、どうせならそこで見物していないで、ドアを閉めて欲しい。

でないと、このままここで押し倒される所も見られ兼ねない——そう思いきや、香久山はいきなりキスを中断して、背後を振り返った。

そして、聞く者を震え上がらせるような低い声で言う。

「休むだと……矢田？　休んでる暇など、あってたまるか」

途端に矢田は真っ青になり、頬を引きつらせた。柊も思わず何事かと、躰を強張らせる。

だが。

「——俺は飢えてるんだ……こいつにな」

グッと腰を引き寄せられ、香久山が何に飢えているのかが、あからさまになる。

「はっ…放して下さい、香久山さんっ…放して！」

柊はあまりの羞恥に倒れそうになりながらも、何とかしてこの恥知らずな男の腕から逃れようと躍起になった。

「しっ…失言でしたっ。申し訳ありません、組長！」

「それでは、藍原さん、組長をよろしくお願い致します」

苦笑する今井と、赤くなったり青くなったりを繰り返す矢田が、ようやくドアの向こうに消える。

香久山は虚しい抵抗を続ける柊を、無理やりリビングへ引っ張ってきた。

その腕を振り払って、柊は香久山に言い募った。

「どうして、あんな事をっ……私はただ、香久山さんに就任の…」

「言うな！」

怒号が飛ぶ。

だが、本気で顔色を失う柊を前に、さすがの香久山も冷静さを取り戻す。

「すまん…。違うんだ…柊。おまえにはもっと違う言葉を言って欲しかっただけだ。他意はない」

打って変わったような静かな声音に、柊の眉根が寄せられる。

「おまえはただ、ここで俺を出迎えてくれるだけでいい。俺が極道だからって、おまえまでそれに染まる必要はねぇんだ」

その言葉に、柊は一番大切な事を忘れていた自分に気づく。

お帰りなさいと――帰ってくる者をねぎらう為の、優しい一言を。

「それに俺も、ここでは香久山皓一という、ただの男だ。それは、俺がどんなに極道を極めようと変わらない。……覚えておけ、柊」

「……香久山さん」

真摯な言葉と、熱い眼差しに、胸が痛いほどきつく締めつけられる。

柊が一人で抱えていた不安を、どうしてこの男は黙って察する事ができるのだろう。

どうしていとも容易く、打ち砕いてくれるのだろう。

「それに、おまえもここでは、俺のオンナだ。……違うか」

再び引き寄せられた腕の中は、泣きたくなるほど温かくて…それがほんの少し癪で。

「さぁ……どうでしょう」

それは先刻、恥ずかしい思いをさせられた柊なりの意趣返しだ。

「違うか…違わないか……その手で、確かめてみてはどうですか」

だが、憮然とする香久山の目は、その言葉に、たちまち不敵な色に染まる。

「上等だ、柊。その言葉……後悔するなよ」

するものですかという反論は、奪われた唇の中、すぐに甘く熔けて柊を満たした。

おわり

■あとがき■

皆様、こんにちは。もしくは、初めまして。

結城の十七冊目の本になります、この『龍の爪痕』。前回に引き続き、今回も大好きな極道もので頑張ってみましたが、皆様、少しはお楽しみ頂けましたでしょうか。

前回はヤクザの相手が弁護士でしたが、今回はよりストイックなイメージの外科医♪　結城は医者ものも好物なので、今回は一粒で二度美味しい思いができて、執筆中はとても楽しかったです。

乱される白衣って、いいですよね。なので、つい病院のシーンではリキが入ってしまい、何だかいつもより余計に回って…いやいや、濡れ場が延々と続いてしまったような気がします。もう満腹～みたいな(汗)。でも、担当のSさんにお訊きしたら、あっさり「全然そんな事ないですよ～。たくさん書いて下さって、ありがとうございます」と、逆に感謝されたりして…。ははは…そうか。まだまだ書いても大丈夫だったのか～(↑まだ書く気だったんかいっ)。

しかし今回の執筆で、もう一つ楽しかったのは、彫師の話が書けた事でしょうか。

結城はタトゥーや刺青を彫ってみたいとは思いませんが、できれば実際に彫る所を間近で見学してみたいなぁとは思います。あっ、でも、それは別にヨコシマな気持ちからじゃないですよ。

あくまでも人間の皮膚をキャンバスにして、生きた絵画を生み出す過程に興味があるんです。

そう思って今回も参考にとネット検索をして、刺青サイトをいろいろ回ったんですが、素晴らしい刺青をお持ちの方々って、大抵は腹回りドドーンとか、皮膚がタルタル～という方が多くて…（泣笑）。やっぱり香久山みたいな男として脂の乗った裸体の方が鑑賞に耐えうるというか、見応えがあっていいですよね。あっ、でも迫力ありすぎても怖いから、やっぱり柊のような柔肌の美青年の裸体の方が色気があっていいのかも。うっとり～♥…って、思いっきりヨコシマじゃん！

さて、今回イラストを担当して下さいました高峰 顕先生、担当さんからカバーを見せて頂いた時は、それこそうっとり～♥とため息が出ました。中のイラストも先ほどラフがＦＡＸされてきて、もうドキドキです。本の仕上がりがとても楽しみです。お忙しい中、本当にありがとうございました。また今回もお世話になりました担当のＳさん。いろいろお気遣い頂いて、ありがとうございます。今後ともよろしくお願いします。

それと余談ですが、結城は「わいのもんじゃ」というサークルで同人誌活動を行っております。ＨＰでは（http://www47.tok2.com/home/yuukikazumi/）商業誌&同人誌など各種情報も公開しておりますのでよろしかったら、ご覧になってみて下さい。

また、この本のご感想・リクエスト等ございましたら、是非編集部の方へお願い致します。

それでは次回も精一杯頑張りますので、どうぞよろしく。また、お会い致しましょう。

結城一美

この本を読んでのご意見、ご感想をお寄せ下さい。
作者やイラストレーターへのお手紙もお待ちしております。

あて先

〒171-0021　東京都豊島区西池袋3-25-11 第八志野ビル5階
（株）心交社　ショコラノベルス編集部

龍の爪痕

2007年2月20日 第1刷

著　者：結城一美

発行人：林 宗宏

発行所：株式会社　心交社
〒171-0021 東京都豊島区西池袋3-25-11
第八志野ビル5階
（編集）03-3980-6337（営業）03-3959-6169
http://www.shinko-sha.co.jp/

印刷所：図書印刷 株式会社